现代文学文本细读与跨学科比较

曾锋 著

九州出版社
JIUZHOUPRESS

图书在版编目（CIP）数据

现代文学文本细读与跨学科比较 / 曾锋著. -- 北京：
九州出版社，2023.10
　ISBN 978-7-5225-2469-6

　Ⅰ．①现… Ⅱ．①曾… Ⅲ．①中国文学－现代文学－
文学研究 Ⅳ．①I206.6

中国版本图书馆CIP数据核字(2023)第207263号

现代文学文本细读与跨学科比较

作　者	曾　锋
责任编辑	赵恒丹
出版发行	九州出版社
地　　址	北京市西城区阜外大街甲 35 号（100037）
发行电话	(010)68992190/3/5/6
网　　址	www.jiuzhoupress.com
电子信箱	jiuzhou@jiuzhoupress.com
印　　刷	三河市中晟雅豪印务有限公司
开　　本	787 毫米 ×1092 毫米　16 开
印　　张	10.75
字　　数	155 千字
版　　次	2023 年 10 月第 1 版
印　　次	2023 年 10 月第 1 次印刷
书　　号	ISBN 978-7-5225-2469-6
定　　价	60.00 元

目录

第三章　影视文本细读　/　134

第一章　文本细读

在现代解释学看来，包括文学文本在内，一切存在物都是有待解释的文本。文本具有多义性，不同解释者、同一解释者在不同时期对同一文本会做出不同的解读。传统的阅读往往以为文本的意义是明确的，作者是文本意义最可靠、最权威的来源，作者的意图和思想就是文本的主题。现代解释学认为文本是多义的，文本的解释是无限开放的过程，解释是对读者、文本、作者、世界多重主体之间的无限开放的对话过程，文本没有最终的、已完成的、唯一正确的解读。从新批评的"细读"①开始，对于文本意义的追寻、辨认和对话，产生了现代的文本细读理论与方法。现代的文本细读理论是以文本为中心的，认为文本是多义的，注重揭示文本的多重语义和意蕴，对文本的意义网络、语境进行辨析。

文本与话语有其存在的语境，语境有多个层次，有大小之分。小语境是文本的上下文，大语境是整个文本及其存在的环境，包括与文本相关的一切因素，如作者的思想和经历、作品产生的时代和世界、整个民族的历史与文化、语言和文学的发展史，读者及其所在的世界。因此，与文本相关的政治、经济、文化、艺术、媒介、风俗等因素都参与了文本意义的产生与解读过程。

在影响文学文本意义的诸因素当中，作家思想具有核心地位。传统解释学将作家思想和意图作为解读的官方答案，现代解释学虽然重视作者原意，但认为文本有其独立性，文本意义大于作者原意，作者原意只是参与文本意义对话活动的

---

① 赵毅衡：《"新批评"文集》，百花文艺出版社 2001 年版，第 79 页。

诸多主体中的一个。

　　本书认为解读者需要将文本的多重语义揭示出来，需要还原出文本对话的多重语境，在文本意义的多重对话过程中，把握文本的意蕴和作家的思想。文本的解读有其标准和纪律，不是任意进行的，而必须在文本及其语境的对话当中产生。文本解读的过程是永不终结的，文本的解读没有最确切的答案，围绕文本互动的各方之间的对话将无限逼近文本最确切的解读。不是所有的解读都有同等的效力和信度，有些解读是无效的，有些解读是更可靠的，能够呼应、关联文本的大语境、所有相关因素，与之建构更密切联系的解读是更可靠的。没有最可信的解读，但所有的、可信程度不一的解读之间产生的对话过程，将无限逼近最可信的解读。解读的标准和纪律是存在的，因此我们可以比较和判断哪些解读是更可信的，某一解读因何种理由更可靠。最可信的解读不是现成的、已完成的，它存在于以大文本、大语境为中心的对话过程中。

第一节 时代大语境细读与概观：

"五四"白话文运动的语言生存观

作家思想和文本旨趣应当在与多义文本、多层语境的对话当中显现出来，时代趋向同样应当采用文本细读方法予以建构和显现，其信度才能真正得到证实。文本与语境的信息是无限的，细读的极致是囊括所有信息，但这实际上是不可能实现的，也不需要。归纳法从来都是有限归纳，无法做到完全归纳；归纳是永不终结、时时更新的过程，没有一劳永逸得到最终结论的归纳。因此对于文本的解读既要尽可能穷尽文本与语境的所有相关因素，又必须在细读的过程中，随时予以概观与归纳。细读与概观是统一的：没有概观，细读将是文本语义无序的增殖、逃逸、解体；没有细读，概观将是主观武断的强加解读于文本之上。对于时代与文化这样的大文本，尤其需要细读和概观的结合，在充分细读的基础上才能升华涌现出概观，在审慎概观的指导下才能有序展开细读。

"五四"文学革命的主要内容之一是反对文言文、提倡白话文，胡适文学改良的中心是文学工具的变革，这是历来讨论"五四"文学革命的著作都曾指出过的。实际上，与此同时，文学革命者所理解的语言本身，是与人的政治生活、思想信仰、人格等相依相生的，人的生存是语言性的生存，所以欲新民，必先新语言，白话文运动有其推动全方位的生命解放的意义。

一、文言是权力建制的工具

"五四"文学革命者对文言的反对,具有推翻权力象征、革新民族心理的重要意义。文言是中国古代上流阶级使用的书面语,权力话语、正统的道德话语、教育都是采用文言,它是通往权力大厦的大门之一,一般下层人民无法掌握。语言文字也是权力资源,文言是权力、权威的神圣的象征符号体系,权力系统必须垄断它。[①]

"五四"时人们已意识到文言话语体系是权力建制的工具,是权力系统意识形态生产的武器,因此他们常常痛陈自己对于文言的憎恶,利用语言学、民俗学知识对神圣的文言话语进行除魅的手术。钱玄同认为中国古代文字脱离语言,形成"文言文",源于统治阶级的权力建制:"那独夫民贼,最喜欢摆架子。无论什么事情,总要和平民两样,才可以使他那野蛮的体制尊崇起来……对于文字方面,也用这个主义。"[②]权力系统在语言文字、服饰礼仪等各方面都着手权力等级体系的建构,渗透主尊奴卑的规训。许多字词、文章体式、书写款式都是只有皇帝、贵族才能应用的,还要附会上神秘恐怖的色彩。"朕""宫""钦""御"等,本是社会通用的词语,最终却被专制皇帝霸占了专用。"制""诏""上谕"等文体和其中的专用句式,都是为了建构权力的象征体系和秩序,为神化权力而服务。

从军阀不惜动用武力卫护文言,更可看出文言话语的权力象征和建构的实质。河南军阀李倬章说:"自古以来,只有北方人统治南方人,决没有南方人统治北方人;……(蔡元培)知道南方力量不足以抗北方,乃不惜用苦肉计,提倡新文化,改用白话文,借以破坏北方历来之优美天性与兼并思想。"[③]军阀竟然也来反对白话文,可见他们从文言符码体系的坍塌、平民话语的被承认,嗅出权力基础

---

① [法]皮埃尔·布迪厄、[美]华康德:《实践与反思——反思社会学导引》,李猛、李康译,中央编译出版社1998年版,第168页。
② 钱玄同:《钱玄同文集》,中国人民大学出版社1999年版,第87页。
③ 玄珠:《四面八方的反对白话声》,引自郑振铎:《中国新文学大系·文学论争集》,上海良友图书印刷公司1935年版,第135页。

也随之动摇了。

文言使用者垄断了社会的话语资源，下层人民被剥夺了言说的权力，因此鲁迅称之为"沉默的国民的魂灵"。他在《朝花夕拾》中的《二十四孝图》里说："我总要上下四方寻求，得到一种最黑，最黑，最黑的咒文，先来诅咒一切反对白话，妨害白话者。即使人死了真有灵魂，因这最恶的心，应该堕入地狱，也将决不改悔，总要先来诅咒一切反对白话，妨害白话者。"对于文言的毒害，鲁迅确有切肤之痛；对于白话的倡导，鲁迅发自肺腑地欢迎。也许鲁迅比任何一位文学革命的倡导者都要更为深刻地理解文白之争的意义，但他对白话文运动的参与主要是在小说创作中，他以痛切博大的生命体验，表现了中国人所受的文言话语体系的压榨，中国人语言生存的悲剧。

鲁迅"五四"时期的小说中刻画的一般国民，无不深受文言话语的压制，被剥夺了一切言说的途径和能力，无法参与起码的政治、风俗、伦理生活，形成了一系列的"木头人""哑子""鬼魂"的国民灵魂群像。

（一）话语地位的彻底丧失

如阿 Q 在文言话语的压榨下，一切言说的权力都被剥夺了，连姓都不配有。他因自己是个癞头而忌讳"光""亮"等词，但群众却愈加肆无忌惮地对他加以暗示、讽刺，因为话语权是与政治、经济实力相辅相成的，而阿 Q 是个受损害的孤独者；孔乙己也因为早已一无所有，所以他所拥有的文言资本，完全丧失权力价值。经过几次话语权争夺战的失败，在未庄的话语等级体系里，阿 Q 渐渐丧失了所有的话语资格和机会。

（二）伦理风俗上话语权力的匮乏

如乡绅勒索阿 Q："吴妈此后倘有不测，唯阿 Q 是问。"在乡绅阶层的文言话语的敲诈下，阿 Q 在本乡无法生存了。再如《风波》中，八一嫂被赵七爷吓得"十分害怕，不敢说完话"，赵七爷说的是："大兵是就要到的。你可知道，这回保驾的是张大帅，张大帅就是燕人张翼德的后代，他一支丈八蛇矛，就有万夫不当之勇，谁能抵挡他。""你能抵挡他么！" 这样语无伦次的几句话，因为杂糅着权力象征、文言符码，便触及了平民内心深处世代遗传的恐怖原型意象。祥林嫂则因伦理话语权被剥夺，被群众判为一个克夫克子、不祥不洁的犯人，承受着精神上的酷刑。话语资源的贫乏使得乡人任人恐吓，长期处于恐慌无主的心理状态。

（三）政治上话语权力的匮乏

新起的革命话语似乎给了阿 Q 机遇，他跑到假洋鬼子那里去了。"我总是说：洪哥！我们动手罢！他却总说道 NO！——这是洋话，你们不懂的。否则早已成功了。"在这新起的"洋"式话语、革命话语面前，阿 Q"终于用十二分的勇气开口了"，之后才发现，他在这里比在文言统治的世界中更无地位，在那里他还可以在正统文言的边缘，以"毛虫""晦气"等话语去侵犯更弱者。

（四）法律方面话语权力的匮乏

阿 Q 受审后，最终作为文言话语资源上的彻底贫乏者而被冤杀：他不识字，因而被骗在死刑判决书上画了押。《离婚》中的爱姑仗着礼教敢言敢闹，然而最后因为缺乏文言话语能力，还是慑服于七大人身上所笼罩的文言恐怖气氛之下："她打了一个寒噤，连忙住口，因为她看见七大人忽然两眼向上一翻，圆脸一仰，细长胡子围着的嘴里同时发出一种高大摇曳的声音来了。'来——兮！'七大人说。

她觉得心脏一停，接着便突突地乱跳，似乎大势已去，局面都变了；仿佛失足掉在水里一般，但又知道这实在是自己错。"因为"来兮"与"来人哪"本来都是神圣文言与暴虐权力的串通一体。

二、隐藏在汉字中的荒谬思想

"五四"文学革命者也敏锐地发现，文字中积淀着传统的思维方式和价值观念，文言词汇与传统的荒谬信仰是不可分离的。胡适、鲁迅、周作人、江绍原等曾先后做出分析，汉字是巫术思维、野蛮风俗的产物。从人类学的角度，加上谙熟中国道教传统，他们指出中国人有崇拜文字的野蛮心理。

钱玄同以翻译用词为例说："如译 Republic 为'共和'，于是附会于'周召共和'矣，译 Ethics 为'伦理学'，于是附会于'五伦'矣。"[①]"共和"等文字中沉积着国人驯服于专制统治的集体无意识；"伦理"等汉字中遗存着以群体压制个体的规训。诸如"王道圣功""文以载道""关帝显圣""婴儿姹女""丹田泥丸"等，这些汉字都遗传着极重的毒素：专制权力的规训、道教野蛮荒唐的迷信等。"妖魔丑类""食肉寝皮"等则富含着嗜杀、施虐狂等野蛮根性。因此周作人说，传统中的"那种荒谬思想已经渗透进了文字里面去了，自然也随处出现"[②]。连年月之类的时间名词都被古老的势力支配着。

汉字本产生于巫术，甲骨文即是上古巫师占卜的道具。傅斯年等指出："中国文字尤其有缺点的地方，就是野蛮根性太深了。造字的时候，原是极野蛮的世代，造出的文字，岂有不野蛮之理。"[③]

① 钱玄同：《钱玄同文集》，中国人民大学出版社 1999 年版，第 164 页。
② 钟叔河：《周作人文类编》（第一册），湖南文艺出版社 1998 年版，第 171 页。
③ 傅斯年：《汉语改用拼音文字的初步谈》，引自胡适：《中国新文学大系·建设理论集》，上海良友图书印刷公司 1935 年版，第 149 页。

与文字相关的崇拜渗透到各个阶层和社会生活各方面，其影响一直延续到现代。胡适后来的《名教》一文承"五四"反对文言文的余绪，比较系统地分析了文字巫术。"我们的古代老祖宗深信'名'（文字）就是魂，我们至今不知不觉地还逃不了这极古老迷信的影响。""（老祖宗）深信'名'有不可思议的神力。"[①]在底层社会的风俗迷信里，道教文化流传的法术里，普遍流行着对于文字魔法的信仰。在民间戏剧的舞台上和通俗小说的描写里，又将这些妖术加以宣扬传播。文字巫术在传统社会的势力很大，权力系统也趁机加以利用，宣扬文言的神圣恐怖，造出各种禁忌，来建构权力的神圣象征体系。正因为这样，《离婚》中的爱姑才会被七大人吓得魂不附体。

这类对于民族语言文字的批判，并不存在民族虚无主义的问题，因为他们的批评遵循历史科学的原则。他们认为对于文字的崇拜、汉字的神秘化，在古代是很自然的，野蛮风俗和巫术都是人类发展必经的阶段里曾有的文化观念。但是，时代既然已经发展到 20 世纪了，再停滞在上古的迷信中就是错误的了。因此"五四"时人必须大力革除这类早已过时的习俗和信仰，它们不独存在于语言的使用中，也渗透在政治文化生活的各个方面。

三、白话的建立有助于个体生命的解放

长期以来人们总是批评胡适的白话文改革是形式主义的，胡适自己的表述也导致了人们的误解，因为他一贯强调文学革命、文艺复兴的第一步是工具的革命。其实胡适等人非常深刻地涉及了白话所具有的生命解放的价值。

反对文言文，即是将国人从专制权力的符号体系的威压、文字巫术的信仰中

---

① 胡适：《胡适文存》（第三集），亚东图书馆 1930 年版，第 91 页。

解放出来，因为"话语的作用就是使人实际上不能在话语之外进行思想"[①]，所以白话文运动也是语言生存的革命、心理的革命、个性的全方位解放。人的生存是语言生存，他的思想、人格、感情、欲望、社会政治生存等，全都以语言的形式存在着。承认白话的价值，主张白话使用的权力，事实上即意味着白话话语主体的被发现和确立。由于现代人即语言动物，语言在生命各层次渗透的深刻性、根本性，所以白话文革命实际上也就意味着"生存"于白话中的人民的革命：从心理、思想感情、欲望到社会政治生存，全都得到独立的权力。从此，个体有可能无所顾忌地自由表现和传达自己的情感、思想、印象，个体的利益诉求有可能借语言直接表述出来，再也没有不必要的障碍。外部的社会革命里，"民国公民"的政治身份被承认；与之相比，白话文革命带来的心理、感情、人格等全方位生命解放的可能，则具有更重大深远的意义。语言与生命合一，立人首在立言。

由于白话文革命关涉到诸如民族个体生命的全方位独立这样重大的问题，所以林纾会跑出来，反对"都下引车卖浆之徒""京津之稗贩"使用的语言有作为书面语、文学语言的价值，正可见林纾等维护权贵既有地位的潜意识，根深蒂固的独享文化特权的保守性，这些特权和权威的魅力便首先集结在神圣的文言符号体系上。章士钊称文化的精华只"为最少数人之所独擅，而非士民众庶之所共喻"[②]，则更是暴露了士人的国师情结，他们仍然幻想掌控意识形态的生产，与专制分享权力。所以吴稚晖一针见血批评反对白话者，"只有那班亡国大夫，瘟国官僚，借着他那种提倡'上圣德颂'的精神，暗暗欢喜，可以巩固他们的老局面。……保固'学士大夫'的局面……"[③]平民口中的语言既然可以取代过去上流阶级的

---

① 徐贲：《走向后现代与后殖民》，中国社会科学出版社 1996 年版，第 130 页。
② 玄珠：《四面八方的反对白话声》，引自郑振铎：《中国新文学大系·文学论争集》，上海良友图书印刷公司 1935 年版，第 198 页。
③ 玄珠：《四面八方的反对白话声》，引自郑振铎：《中国新文学大系·文学论争集》，上海良友图书印刷公司 1935 年版，第 208 页。

文言，也就意味着上流阶级的权力身份、心理优越感、文言所建构的权力的神圣氛围等各方面的丧失解体。

白话文革命由此歌颂平民的语言和平民阶级，同时，也利用日渐"当权"的平民主义的意识形态，来构造自己的合法性。胡适力斥文言是枯死的，而"乡曲愚夫、闾巷妇稚"的语言却是活的。谈的虽然是语言的变迁，实际上包含着深刻的价值重估：普通平民的精神生活价值、文化生产能力，其实是高于贵族、文人学者的！胡适所谓言语必须"施诸讲坛舞台而皆可，诵之村妪妇孺皆可懂"，多少利用了平民主义话语来为白话文壮威。早年胡适总是不忘对平民大唱颂歌，"国语的演化全是这几千年'寻常百姓'自然改变的功劳，文人与文法学者全不曾过问。……我们对于这种玄妙的变化，不能不脱帽致敬……"①

"五四"白话文革命的理论前提之一，是胡适等人对于现代国民的想象：人格独立的、有文化、富理性的公民。其中暗含着对现代民族个体的构想，有比较鲜明的理想主义色彩。到后来各派的社会主义思潮也相继产生影响，新作家便更企图以人人都懂的白话文学来消融个体之间的隔阂，以创造人人平等独立的大同社会。

自然，白话文话语权力的确认，只是带来了生命解放的部分可能性，因为一则生命解放是系统的、多方面的，不是单有语言、文学革命就能竟全功的；二则白话本身虽然具有重大的生命解放价值，但它也受社会文化的制约，它的词汇、实际的言语应用，同样是传统的结晶，也可能充斥着负面信息，并没有一种"纯洁的正确的"白话；第三，"五四"时所谓的"平民"有很重的幻想色彩，白话文运动的主体和受众里实际上很少下层平民，而主要是各类知识分子。

① 胡适：《国语与国语文法》，引自胡适：《中国新文学大系·建设理论集》，上海良友图书印刷公司1935年版，第232页。

第二节 文化大语境细读与概观：
传统家庭伦理之偏至

应用文本细读方法，在与文本和语境的对话中，民族文化的特质和趋向也得以更坚实可信地建构与显现。自晚清以来，群己关系讨论甚多、争论甚烈。现代人肯定的群体应当是自由独立的理性个体之间契约的产物，中国传统文化虽然独尊群体价值，但并没有以独立个体观念为基础的理性的群体意识，在家庭、君国、天下的共生话语体系中，个人只是工具，只是一个被赋予了重重群体道德功能的符号。

儒家将个体生命隶属于群体至上道德，这种群体道德以家庭伦理为话语核心。在儒家经典《周易》中，自然、家庭、社会与国家是同质系统，统一遵循阴阳交感原则而发生发展。《序卦》说："有天地然后有万物，有万物然后有男女，有男女然后有夫妇，有夫妇然后有父子，有父子然后有君臣，有君臣然后有上下，有上下然后礼义有所错。"[①]在这里，天地阴阳是最根本的，阴阳二气交感化生而后有万物，万物进化而后有人类男女，人类社会最先出现婚姻家庭组织，然后产生父权制部落社会，最后出现君主制度。家庭与自然、社会、国家话语既然是一体同源的，都源于阴阳交感这一共同的隐喻与驱力，自然相互依赖、相互影响，家庭伦理话语、国家权力话语、社会功利话语、自然哲学话语彼此关联取喻，诸如

① 金景芳、吕绍纲：《周易全解》，吉林大学出版社 2013 年版，第 469 页。

家庭为国家之基础，国家为家庭之放大，家国君父一体，等等。

《礼记》等儒家经典表明，中国的家庭家族制度寄托着中国人的情感信仰，他们相信人生意义在于家族世代的永续，男女婚姻为着宗族血脉的赓续。关于家庭家族的这种不灭想象出于阴阳这一源初之喻的推动，是宇宙阴阳这一根本系统的永恒存在与发展的具体感性的显现。《礼记·昏义》指出婚姻为着"上以事宗庙，而下以继后世也"①，个体生命由于宗族的永续不灭而具有了永恒的意义，因为在宗族这个整体中有着个人永恒的血缘基因以及精神关联。所以《礼记·郊特牲》说婚姻是"万世之始也"②，《魏书》中元孝友说传宗接代便可保证"血食祖父"③的不断，个体作为宗族的一分子，由香火祭祀的不绝而得以永恒不灭。由此个体克服了他的脆弱孤独感和生命意义的匮乏感，这是任何一个文化的中心问题。但束缚也随之而来，在这种信仰情感的系统里，父母儿子以至家国都是一体的，个体隶属于父母，个体本身没有独立的意义，他的意义全在于与父母、家族的联系上，正如《礼记·祭义》中曾子所说："身也者，父母之遗体也。行父母之遗体，敢不敬乎？居处不庄，非孝也。事君不忠，非孝也。莅官不敬，非孝也。朋友不信，非孝也。战陈不勇，非孝也。断一树，杀一兽，不以其时，非孝也。……壹举足而不敢忘父母，壹出言而不敢忘父母。壹举足而不敢忘父母，是故道而不径，舟而不游，不敢以先父母之遗体行殆。壹出言而不敢忘父母，是故恶言不出于口，忿言不反及于身。不辱其身，不羞其亲，可谓至孝矣。"④曾子这段话的叙事规则和想象轨辙，正是家庭伦理、国家权力、社会功利、自然哲学诸种话语的彼此关联取喻。

① （清）孙希旦：《礼记集解》（下），中华书局1989年版，第1416页。
② （清）孙希旦：《礼记集解》（上），中华书局1989年版，第707页。
③ （北齐）魏收：《魏书》，中华书局1999年版，第285页。
④ （清）孙希旦：《礼记集解》（下），中华书局1989年版，第1226-1228页。

《礼记》诸书也的确昭示了宗族家族制度下群体至上的道德价值吞没了个体生命，父母、家长、男权的专制伦理又再推广为皇权、官僚的专制伦理。这是替传统文化热心辩护的人们也无法否认的。

《礼记》表明男子与家庭对女子拥有专制权力，妻死夫可再娶，夫死妇不能再嫁："壹与之齐，终身不改，故夫死不嫁。"[①]女性必须服从男性，丈夫以智慧引领妻子："妇人从人者也：幼从父兄，嫁从夫，夫死从子。……夫也者，以知帅人者也。"[②]妻子必须服从丈夫，而没有反过来影响丈夫的权力，如《荀子·君道》所说："夫有礼则柔从听侍，夫无礼则恐惧而自竦也。"[③]家庭制度对于女子的自由严格控制，男女不能自由交际，《曲礼》规定家庭以内，"男女不杂坐，……不亲授，……已嫁而反，兄弟弗与同席而坐"。家庭以外，"男女非有行媒，不相知名。非受币，不交不亲"[④]。又提倡女子的贞节，《左传》襄公三十年记"宋大灾。宋伯姬卒，待姆也"[⑤]。伯姬因为傅姆不至，不肯独身夜行，被火烧死。

在家庭里，父母、家长对于儿女、家人拥有专制权力。丈夫能否接受妻子，由父母说了算，《礼记·内则》云："子甚宜其妻，父母不说，出。子不宜其妻，父母曰：'是善事我。'子行夫妇之礼焉，没身不衰。"[⑥]父母有错误，儿女无法纠正、反对，父母打骂儿女，儿女也只能服从，《礼记》说："父母有过，下气怡色，柔声以谏。谏若不入，起敬起孝，说则复谏；不说，与其得罪于乡党州闾，宁孰谏。父母怒，不说，而挞之流血，不敢疾怨。"[⑦]儿女没有独立思考、自由生活的权力，《论语·学而》说："父在观其志，父没观其行；三年无改于父之道，可谓

① （清）孙希旦：《礼记集解》（上），中华书局 1989 年版，第 707 页。
② （清）孙希旦：《礼记集解》（上），中华书局 1989 年版，第 709 页。
③ 梁启雄：《荀子简释》，中华书局 1983 年版，第 160 页。
④ （清）孙希旦：《礼记集解》（上），中华书局 1989 年版，第 45 页。
⑤ （春秋）左丘明：《左传》，蒋冀骋标点，岳麓书社 1988 年版，第 256 页。
⑥ （清）孙希旦：《礼记集解》（上），中华书局 1989 年版，第 738 页。
⑦ （清）孙希旦：《礼记集解》（上），中华书局 1989 年版，第 737 页。

孝矣。"①《国语·晋语》中有:"为人子者,患不从,不患无名。"②儿女没有财产权,《曲礼》说:"父母存,不许友以死,不有私财。"③媳妇侍候公婆必须唯命是从,以奴隶自处,在公婆面前身上痒也不能抓,《礼记·内则》云:"父母舅姑之所,有命之,应'唯',敬对。进退周旋慎齐,升降出入揖游……寒不敢袭,痒不敢搔。"④

明眼人一眼便看出,父母、家长对于儿女、家人的专制和君主、官僚对于臣子、百姓的专制是一回事,儿女、家人对于父母、家长的敬畏驯服和臣子、百姓对于君主、官僚的敬畏驯服也是一回事,因为从观念到制度、从源起到现实,家和国本就是一回事。

家庭被视为天下国家的基础,这一观念在后世慢慢变成家庭要为专制权力豢养顺民。《周易·家人卦》说:"家人,女正位乎内,男正位乎外。男女正,天地之大义也。家人有严君焉,父母之谓也。父父,子子,兄兄,弟弟,夫夫,妇妇,而家道正。正家而天下定矣。"⑤家庭正常运行,则天下秩序安定,这固然因为天地、家庭、社会同属一个阴阳交感的系统,所以彼此相互影响,安危相依;但越到后来,现实的经济政治的因素越重要,因为政治制度本身就是以宗法、家族组织为基础,而社会经济也是以家庭为基本单位,所以家庭稳定就意味着天下的政治与经济秩序的稳定。家庭伦理原则被推重为政治教化、伦理规范的核心,《礼记·大传》这段说的是宗族家族伦理,同时说的也是专制权力的规训与教化:"是故人道亲亲也,亲亲故尊祖,尊祖故敬宗,敬宗故收族,收族故宗庙严,宗庙严

① (春秋)孔丘:《论语译注》,杨伯峻、杨逢彬译,岳麓书社2009年版,第6页。
② (战国)左丘明:《国语》,(三国吴)韦昭注、胡文波校点,上海古籍出版社2015年版,第181页。
③ (清)孙希旦:《礼记集解》(上),中华书局1989年版,第22页。
④ (清)孙希旦:《礼记集解》(上),中华书局1989年版,第734页。
⑤ 金景芳、吕绍纲:《周易全解》,吉林大学出版社2013年版,第236页。

故重社稷，重社稷故爱百姓，爱百姓故刑罚中……"①立足于"亲亲"，是因为权力建构和家族组织本就是一体的，亲父母、家长与宗子，同时也就是敬畏与服从权力。《礼记·昏义》称"父子有亲，而后君臣有正"②，因为政治制度本来是家天下，父子是君臣关系，天子与百姓也是推广的父子关系，所以家庭内的父子之间的专制伦理的所谓"亲"，当然也就保证了专制权力秩序的君臣之间的"正"。

儒家教孝即是教忠，家庭的专制伦理与政治的专制伦理是一体的。《礼记·祭义》称"立爱自亲始，教民睦也。立敬自长始，教民顺也。教以慈睦，而民贵有亲。教以敬长，而民贵用命。孝以事亲，顺以听命，错诸天下，无所不行"③，家庭内敬长，就意味着做权力的顺民，如前段所述，本来家长与"父母官"就是一体的，最高的权力掌控者也就是皇族的家长，分封的诸侯或者后来的地方官是地方上的家长，家庭伦理上的敬长其本质是政治上的服从专制权力。因此《大学》中"所谓治国必先齐其家者"④，就是因为国家本来就是家天下，家庭家族的秩序就是专制统治的秩序。齐家，不管是齐皇族之家，还是齐分封的各诸侯之家，也就是治国。反过来，为了愚民和规训顺民，其基础是先规训家庭的奴隶。家庭制度与专制权力建制同源共流，专制国家是家天下，早期的皇室、诸侯、大夫之家也是一个个小国家，孝子也就是顺民。虽然礼不下庶人，庶民的家庭并非朝廷，但家长制家庭制度和伦理模仿了专制权力建制。孝顺、和睦、亲情都不再是自然的情感，而是服从专制权力统治的规训。因此孔子的孝是属于专制政治的，而不是满足自然情感的，《大学》说得很清楚了，"孝者，所以事君也"⑤。《论语·学而》也说得很清楚，"其为人也孝弟，而好犯上者，鲜矣；不好犯

---

① （清）孙希旦：《礼记集解》（上），中华书局1989年版，第917页。
② （清）孙希旦：《礼记集解》（下），中华书局1989年版，第1418页。
③ （清）孙希旦：《礼记集解》（下），中华书局1989年版，第1215页。
④ （宋）朱熹：《四书章句集注》，中华书局1983年版，第9页。
⑤ （宋）朱熹：《四书章句集注》，中华书局1983年版，第9页。

上，而好作乱者，未之有也"①。这样，出于天赋自然的亲情被专制权力所利用和改述，渐渐失去自然情感的纯粹。

朱熹等人对儒家家庭专制伦理有局部的修正，他主张儿女在父母面前有独立发表意见的自由，子对于父不应该模仿臣子对专制权力的服从关系，父子之间应该坚持爱与理性："如父子是当主于爱，然父有不义，子不可以不争。"②但整体上，儒家的家庭伦理与政治规训是一体的，以群体至上道德役使个体生命。

与儒家针锋相对，道家张扬个体生命的自由，否定儒家的群体至上道德对个体的束缚。老子相信个体、家庭和国家应该遵循个性与自然的原则，认为儒家关于家庭及国家的伦理规矩是虚伪的，是破坏自然的情感与和平的秩序的祸源："六亲不和，有孝慈。国家昏乱，有忠臣。"③六亲本来是和睦亲爱的，国家本来是恬淡和平的，但儒家虚伪的、专制的忠孝破坏了天然的和谐。但社会祸乱之源与其说是儒家的道德礼教，还不如说是专制权力，最初专制权力制度与宗法家族制度是一体的，权力规训与伦理教义是一体的，但到后来，便只是专制权力包装着儒家仁义，利用儒家道德礼教来粉饰暴政并愚弄人民。

庄子进一步发展了老子的思想，他认为儒家道德是对人的天性和自由的束缚，"夫孝悌仁义，忠信贞廉，此皆自勉以役其德者"④。人应当挣脱所有外在的知识、道德、成见的奴役，回归自然、自由、直觉的状态，因此"至仁无亲""至仁不孝"⑤。孝是做作的、说教的、成规的，拘于形迹，父子均拘束其中，至仁则回到天性的自由与亲情，父子均在自由忘我中得解脱自在。因此，"以敬孝易，以爱孝难"，敬是外在的行为，爱是自由的情感；"以爱孝易，以忘亲难"，

---

① （春秋）孔丘：《论语译注》，杨伯峻、杨逢彬译，岳麓书社 2009 年版，第 1 页。
② （宋）黎靖德：《朱子语类》（第一卷），杨绳其、周娴君校点，岳麓书社 1997 年版，第 313 页。
③ （春秋）老子：《道德经》，苏南注评，江苏古籍出版社 2001 年版，第 49 页。
④ 崔大华：《庄子歧解》，中州古籍出版社 1988 年版，第 424 页。
⑤ 崔大华：《庄子歧解》，中州古籍出版社 1988 年版，第 423 页。

"忘亲"意味着不再有情感的牵挂和责任；"忘亲易，使亲忘我难"①，进一步解脱彼此，使双方不需要为对方的情感而负担责任，达到一种无条件、无束缚的自由状态。自由的极致，是取消现实的、成规的家庭和伦理情感，赞美死亡这种解脱了一切条件和限制的状态，"父母、妻子、闾里、知识"是"人间之劳"，而死亡是"南面王乐"②。其实，庄子并不一定是反智和神秘主义的，他也许相信，挣脱那些僵化主观的成见和知识之后，能获得一种自由的、与每个独特个体和当下现实过程对话的新理性。

中国化的佛教一方面顺应中国的现实，赞同儒家家庭伦理教条，另一方面，则将佛法渗透在儒家式话语中。

佛教徒拉拢儒教徒支持佛教，如《永乐御制佛顶尊胜陀罗尼经咒序》声称佛祖优先度忠臣孝子："佛有誓盟，广济众生，必先度忠孝，凡忠臣孝子身生中国，又逢治世，受种种快乐，皆由其事君事亲能尽其道。"③牟子《理惑论》称父母兄弟会因自己成佛而均得度，所以成佛即是仁孝："至于成佛，父母兄弟皆得度世。是不为孝，是不为仁，孰为仁孝哉！"④《长阿含》照搬了儒家的那一套，宣扬信徒应当以五事敬顺父母："一者供奉能使无乏；二者凡有所为先白父母；三者父母所为恭顺不逆；四者父母正令不敢违背；五者不断父母所为正业。"⑤这是后秦时佛陀耶舍和竺佛念的译文，我们对照一下日本片山一良的译文："①被抚养之我应扶养他们；②打理他们的工作；③延续家族血脉；④延续财产；⑤供养祖先亡灵。"⑥可见早期佛教译文儒教化之程度。

① 崔大华：《庄子歧解》，中州古籍出版社1988年版，第423页。
② 崔大华：《庄子歧解》，中州古籍出版社1988年版，第495页。
③ 苏志雄：《历代大藏经序跋略疏》（上册），刘福娟、苏杭、韩谨忆助编，宗教文化出版社2012年版，第248页。
④ 石峻、楼宇烈、方立天等：《中国佛教思想资料选编》（第1卷），中华书局1981年版，第8页。
⑤ （南北朝）佛陀耶舍，《长阿含经》，（南北朝）竺佛念译，华文出版社2013年版，第335页。
⑥ ［日］片山一良：《佛的语言巴利佛典入门》，杨金萍译，宗教文化出版社2012年版，第134页。

但佛经的儒家式话语也往往仍以佛法为本，如《梵网戒经》宣扬更为广大无私的父母之情："一切男子是我父，一切女人是我母，我生生无不从之受生。故六道众生，皆是我父母。"①《阿遬达经》教导信徒当以佛法引导父母："父母有恶心，子常谏止，令常念善，无有恶心。父母愚痴少智，不知经道，以佛经告之。父母贪狠嫉妒，子从顺谏之。父母不知善恶，子稍以顺告之。"②

佛教特别是道家的思想，使中国文化在家庭观念方面摆脱了儒家专制伦理的全面控制，但总体上，儒家思想主导着中国家庭伦理文化，中国人关于家庭的看法，是以个体生命依附于群体道德为主的。这在呼喊个人自由的晚清、"五四"时期，自然遭到激烈批判。

---

① 赖永海：《梵网经》，中华书局 2010 年版，第 260 页。
② 陈士强：《大藏经总目提要·经藏三》，上海古籍出版社 2007 年版，第 362 页。

第三节　文学经典文本细读与概观：
札记五则

一、巴金《家》

《家》是从片面、狂热的理想主义视角叙述的文本，事实上，鸣凤也是一个新思潮的牺牲品。觉慧是一个简单、趋时的理想主义者，他一时冲动向鸣凤许诺，讲述着很漂亮的理想："鸣凤，你怎么会这样想？我如果让你永远做我的丫头，那就是欺负你。我绝不这样做！我一定要对得起你！"一方面他没有能力实现他的诺言，另一方面更重要的是，觉慧并不是真正爱鸣凤，他爱的是时髦的、激动人心的革命新思想，鸣凤只是他的革命理想的玩物而已，而他则是时代潮流、革命理想的玩物。当他在革命活动中扮演风云人物时，他不需要鸣凤，他在外面活动的时候忘记了鸣凤。当他脱离那些革命时尚，回到平淡灰色的现实中时，因为空虚寂寞他便需要鸣凤了。事实上觉慧一方面讲着漂亮话，另一方面对鸣凤的爱，只是一种青春期的性吸引，以及空洞理想的符号载体，他并不爱她，所以在家庭、社会的旧势力的压力面前，他已经放弃鸣凤了，"鸣凤是孤立的，而且她还有整个的礼教和高家全体家族做她的敌人。所以在他的脑子里的战斗中，鸣凤完全失败了"。觉慧是自己被理想欺骗了，接着又欺骗了鸣凤，按照他的思想和能力，他本来就不应该与鸣凤恋爱的，因为他明白得很，他与鸣凤没有好的结果："可是在我们这样的环境里我同她怎么能够结婚呢？"鸣凤死后的梦揭示出，觉慧放弃鸣凤还因为他自己也是旧式的身份观念和新式的虚荣风气的奴隶："'我现在不同了'，她得意地答道：'我不是你们的丫头了。我也是一个小姐，跟琴小姐一样的。'……'我父亲，他如今有了钱，他很久就想着我，到处访寻我的踪迹，后来才晓得我在你们公馆里头，我和我父亲就住在洋楼里面。现在我跟你中间再没有什么障碍了。'"觉慧早就知道鸣凤要被送到冯乐山的毒手中去，但他根本就没有及时去解决这个问题，等到冯家来接鸣凤，鸣凤被逼自杀之前来求助于他，觉慧有所觉察，但却见死不救："不，事实上经过了一夜的思索之后，他准备把那个少女放弃了。"这些细节显示了文本的复杂多声，客观上批判了理想主义者、时代新青年的自私虚伪甚至残忍麻木。鸣凤本就不敢奢望与觉慧恋爱，觉慧的理想姿态扰乱了她的旧式丫鬟的命运常轨，给她短暂的痛苦一生带来片刻幻想。但她也意识到觉慧没有把她放在真正重要的位置上，觉慧的爱和支持从没有达到使她可以想象做觉慧的太太以及觉慧的爱人的程度，这才是她最终没有向觉慧求助的根源，她自觉地牺牲了自己，"他有他的前途，他有他的事业。她不能够拉住他，她不能够妨碍他"。男子认为自己应当献身进步事业，女子认为自己不应该妨碍他的事业，这里的双声合一表明，《家》的整个文本就是一个男子中心话语自私的自我辩解，同时，男子与时代的强势话语导致了女性的自我矮化与奴化。觉慧忏悔自己是凶手，实际上这就是一个中肯的判决，他的确比鲁迅所译《工人绥惠略夫》中的启蒙者、说教者对女性弱者造成更大的伤害。觉慧的确造成了鸣凤的自杀，如果他不去灌输他的爱和启蒙，鸣凤对自己的遭遇就不会有觉醒的意识。由于对这个正常的异性青年觉慧的仰慕与爱，以及个人尊严和人格朦胧的觉醒，她才拒绝被送到冯乐山那里去。的确，在冯乐山那里鸣凤是受罪，但在觉慧这里，觉慧给她的一点漂亮虚幻的想象，使她除了结束自己的生命，还要承受更残忍的觉醒了的精神的幻灭与痛苦，尤其是最终所包围她的心理上的孤立绝望，她除了承受古代人的痛苦，还要承受现代人的痛苦：觉慧并不是真正爱她的，她只是孤零零的一个稚弱无告的人，既没有父亲，也没有爱人。

二、巴金《春雨》

抽象的革命事业、演剧般的革命团体代替了家庭，同志之间的感情和革命理想取代了血缘亲情。在巴金《春雨》中，一个青年人全心全意沉浸在革命中，他身边落伍的生病的兄弟，不管怎样哀告和求助，他都坐视不理。可怕的、不可理喻的革命冷血，兄弟、亲情、具体的血肉个体的痛苦，全都被革命者一脸漠然同时又崇高庄严地献祭给了抽象的革命。他从革命同志那里获得了情感的慰藉和支撑，同志之间的互相关照、帮助，使他充满了力量："'你累吗？我们来给你帮忙。'从许多年轻的嘴里向我吐出了这些年轻的话。我自己也一天一天地变得年轻了。"[①]他的兄弟是"五四"个性解放思潮的弄潮儿，女孩家千方百计地阻止女孩和他哥哥的恋爱，女孩最终离开了家，和他哥哥组建了自己的小家庭，和涓生、子君一样，生活在爱情和理想里。但在新的革命时代，他的哥哥为家庭所牵累，没跟上新的革命潮流，自己也患上了严重的肺病，最终被贫病击倒了。但革命者对眼前重病的哥哥却毫不动容，他想的是抛开这个废物，"我不说话，我在思索究竟应不应该马上走开"。他哥哥的家庭陷入了绝境，嫂子为了照顾丈夫，几天没有休息，她把艰辛痛苦默默地扛起来，没有一句怨言，被生活折磨得瘦骨伶仃。他五岁的侄儿患了脑膜炎，因为穷没有得到及时治疗而夭折了。可是革命者无视眼前这活生生的苦难，却痛恨他哥哥没有生命力，"'你们这种人永远是太迟

---

① 陈雪萍：《巴金短篇小说集》，湖南文艺出版社1998年版，第253页。

的！'……他的脸上已经没有一点活人的表情了"。他哥哥欠薪已经两个多月了，感到无奈与乏力，哀叹"吃一口饭并不是一件容易事"。革命者对此不仅不给予救助，反而痛恨他的哥哥没有革命觉悟，活该被社会淘汰，他冷酷地宣判他哥哥的死刑："你最好还是躺在坟墓里去罢。"

他燃烧着革命的激情，哥哥及其家庭的苦难引发的痛苦，在他看来是不必在意的落后的感伤主义，是没有价值的忧郁，应该扫除掉。革命拯救全人类、全世界，是何等崇高神圣，而自己兄弟的苦难、个人具体的痛苦应该超越，不能影响崇高但抽象的革命理想："有几次哥哥的苍白脸在我的眼前现出来，我便拿了'堂·吉诃德'的长矛冲过去，这一冲就把它冲散了。我便忘掉了哥哥。"革命就这样绞杀了亲情，抽象就这样绞杀了具体。巴金用象征笔法歌颂的革命生活其实如此抽象空洞，但就是这种空洞苍白的革命否定了家庭的血缘亲情和具体的个人痛苦："这真正是一种丰富的生活。好几股电光在那里面闪耀。牺牲，同情，热爱，忠诚，力量……"

小说企图歌颂革命者献身人类解放事业的崇高，但文本事实上却展示着革命者的冷酷无情、独断教条，信仰思想上的简单武断和情感上的偏激狭隘结合起来，使革命者反而显得不可理喻、灭绝人性。他的哥哥，家庭快要支撑不下去了，自己也快要死了，这时候特别依赖、想念自己的亲兄弟，甚至在这种地步，还特别担忧自己的兄弟在革命当中有个闪失，到处打听弟弟的消息："'我真想见你。我们费了千方百计才打听到你的地址。你为什么要瞒住我们呢？'"革命者心里也产生了一丝矛盾和动摇，他明白哥哥的痛苦无助和对兄弟的关切留恋，但他的革命理念和历史理性仍旧如此坚定彻底，同时更是如此僵硬冷酷："'你已经是属于另一个世界的人了。而我，我应该跟活人在一起。'"哥哥失业了，病情恶化了，没钱得到必要的治疗照护，但他仍然流露出强烈的贪生的渴望。革命者对此有过短暂的同情和痛苦，但是他既不后悔以往对哥哥困苦的漠视，也不竭尽全力来帮助眼前绝境中的哥哥，他斩断了自己的亲情和同情，他用抽象的、整体的、未来的人类解放将眼前的痛苦彻底扫净，"在这个世界里要个别地解决这些小问题是不可能的"，"我记起我还有重要事情，我应当走了"。

这篇小说的显文本无疑是肯定革命者的超越个人感情，但很容易倒转成了一个反文本：革命者残酷绝情。然而，有经验的读者又看到了一个潜文本，正如孙犁的革命文本那样，小说是巴金对于自己只顾个人事业，而忽略了照顾兄弟和家庭的一种自我谴责。巴金自杀的大哥对他的依恋之情与小说当中贫病绝望的哥哥对弟弟的依恋如出一辙："弟弟，我此次回来，一直到现在．终是失魂落魄的。我的心的确的掉在上海了。……我无日无夜的在想念你。"[1]巴金的三哥李尧林在大哥自杀之后，担负起供养大家庭的重担，正如小说中的革命者应该承担却丝毫也没有承担的："我很小就知道全家的生活费用，主要靠三爸供给。当时，我们家庭成员在成都的有：继祖母，一个姑姑和一个叔父，我母亲，四个姐姐和我。三爸的汇款，每月按时从天津寄来。……但家庭的重担使三爸逐渐消瘦，身体也渐渐坏了。因为没有钱，长期不能住进医院。三爸逝世的时候，已经四十多岁，还没有结婚。"[2]小说既质疑了抛弃家庭的革命者，更谴责了放弃家庭责任的自私者。

随着革命文学的发展，这种抽象的革命大家庭开始变得具体了，同志们成了可见可感的亲人，原本的血缘家庭被更无挂虑地遗忘，最后甚至变成了需要批判革除的废旧和罪恶。

---

① 汪致正：《巴金的两个哥哥》，人民文学出版社 2005 年版，第 69 页。
② 汪致正：《巴金的两个哥哥》，人民文学出版社 2005 年版，第 126 页。

三、鲁迅《伤逝》

《伤逝》中的涓生和子君也是受抽象理想毒害的一例。子君"我是我自己的，他们谁也没有干涉我的权利"被当作个性解放响亮的宣言，然而她自己能够独立吗？她是她自己的当然没错，可是她能完全对自己负起责任来吗？子君、涓生反抗家庭，从父母的家庭里决裂出来，但他们必须生活，个性解放的理想不能养活他们。他们安了家，"我们的家具很简单，但已经用去了我的筹来的款子的大半，子君还卖掉了她唯一的金戒指和耳环"。他们没有稳固的经济基础，没有在社会中谋生的能力。子君"和她的叔子，她早经闹开，至于使他气愤到不再认她做侄女"，和叔叔以及家庭闹开的时候，她没有想过自己是否拥有了独立生活的能力。

他们拥有的只是空洞的自由、解放、独立，他们只有关于生活的美丽的空想，没有料到生活本身是平淡的灰色。简单实在的生活给他们带来的是无聊空虚，家务占据了他们大部分时间，"管了家务便连谈天的工夫也没有，何况读书和散步"。子君被灰色的生活同化了，所有的只是庸俗的、琐屑的邻里纠纷和女人之间的虚荣斗气。涓生被家庭生活束缚后，也觉得人生无聊。他们曾经幻想的美好爱情和婚姻，等到实现了之后，得到的却是机械的生活轨辙，自由和生命力被家庭消磨掉了，理想和诗意在灰色的家庭生活中凝滞了。两人的感情凝固冷却了，两个恋爱的人此时却像两个囚犯被关在同一个牢房，充满了恶意。他们的感情、生活没有新鲜的、有创造力的东西来使它生长。子君神情的冷，竟然逼迫得涓生"不能在家庭中安身"。最终涓生认为自己已经不爱子君了，但他们自始至终可能就没有搞清楚爱到底是什么，他们只知道读书界关于爱的空洞讨论。涓生竟然以为子君和他分开之后，"可以毫无挂念地做事"，真是无可救药地无视现实，子君在社会上能做什么事？他一个男人自己都活不下去了，子君一个一无所长的女子又能做什么？他为什么不等子君获得经济独立的能力之后再离开她？他最终翻译书稿得了一点钱，因为这他又开始理想昂扬了，这一描写是何等深刻的讽刺，所谓新时代的新青年的理想是何等的自我麻醉。他们受新思潮中别人翻译的图书的蛊惑，以之为理想，用以代替生活，搞得活不下去了，最后来暂时养活他们的还是自己来翻译新书。他们与整个社会脱节，封闭在新思潮中，靠新思潮养，靠新思潮安慰，直到走投无路时新思潮幻灭。子君没有独立的能力，当涓生和她分手后，便只有回到旧家庭等死了。最后，子君受到社会的谴责与讥笑，又被爱人和新文化所抛弃，最终她心灵最为痛苦，因为新、旧文化，没有哪个方面给她支持与慰藉。阿随的意象揭示出子君仍然是嫁鸡随鸡、嫁狗随狗的境况，她最终从思想、人格到生活的能力，其实都是依附于男性主人的，受男性强势话语的影响才有相应的行动，最后事实上仍为男性主人所拨弄、抛弃、惩罚，仍旧演了一曲始乱终弃的旧戏。

四、夏衍《上海屋檐下》

夏衍是中国现代观察家庭困境最切实深刻的作家之一，他的《上海屋檐下》也给革命理想主义提了个难题。革命本不是万能的，它不能完全解决家庭的问题，有时甚至还给家庭带来困惑和灾难。剧本描写了几个不同的家庭，对这些家庭的问题革命无能为力。其中有妇女被丈夫遗弃，男人搭了大轮船全世界游荡，女人赚不到钱只能从事堕落生活；有老人将自己的一切献给儿孙的培养教育，但社会动荡使他希望全都落空；有的完成了高等教育，却因为失业、贫穷，连留父亲多住几天都无法做到。匡复的家庭惨剧却是革命带来的。匡复因参加革命被捕判刑了，妻子彩玉无法谋生只好与林志成组建了新的家庭。彩玉一方面自责当丈夫在监牢里受罪的时候，将结婚当作职业，将同情当作爱情，与志成成了家。但她又申诉除了与志成结婚是没有其他办法的，革命理想没法保障正常的家庭生活。她也曾经为革命、丈夫做出牺牲，与匡复结婚之后，生活没有一天是平安的，她得到的只是贫穷，断绝与一切朋友和亲戚的往来。为了匡复的革命理想，为了所谓的大多数人的将来，彩玉只能忍耐。但是匡复被捕后，匡复的朋友只怕受到牵连，不管彩玉母女的死活。彩玉去找事做，葆珍才五岁，在柏油路粘脚底的热天，葆珍跟着彩玉在街上整天不止歇地奔波乞职。这是革命理想主义者所难以解决也常常体会不到的境况。

彩玉等人其实是夹在一种混沌的家庭境遇中，家庭对于他们从来都是难于负荷的。与匡复组成的革命家庭是一种折磨，可是与林志成组成的灰色家庭也是煎熬。志成不能使她幸福，葆珍跟彩玉一样，也受人欺负。志成不是一个具有男子气概和能力的人，他在厂里被人当作开玩笑的对象，整天地担忧着饭碗会被打破，回到家里来，把外面受来的气加倍地发泄在彩玉的身上。其实，家庭从来就不是赐给人幸福的，它给人带来快乐，也带来烦恼。彩玉就算再换一个家庭，估计她还是要遇到相同的痛苦，正如苏青所说，"及至换来以后，再将新旧配偶比较一下，想想真是天下老鸦一般黑"。而匡复从事革命，本来就因为他家庭观念和感情是淡薄的。他出狱见到妻女，却决定退出，他承认对于生活已经失掉了自信，他没有把握可以使彩玉和葆珍幸福。当年从事革命时，他就没有照顾好家庭，他对革命比对家庭更有感情和兴趣。事实上，很难说他从事革命是不是对家庭的一种逃避。最后，匡复又一次出走了，从家庭里消失了，他自欺欺人地相信彩玉和林志成之间有爱和感情，把家庭的混沌和痛苦丢给别人去面对。

五、夏衍《芳草天涯》

《芳草天涯》是一个混杂了多个声音和视角的多重结构的文本。

家庭不和与双方性情不合有关。夏衍在剧中写到狭隘泼悍的女性。他写到不和谐的家庭对个人的拖累，心灵煎熬带来的无法忍受的痛苦。尚志恢心怀天下，企图有所作为，但妻子咏芬庸俗专横，牵累他天天陷在无聊琐屑的争吵当中。志恢下定决心，打算逃避她的暴虐、侮辱、无理取闹，所以从家庭里逃离出来。志恢认为他与妻子的矛盾是不可调和的，咏芬有产阶级的出身、家庭，以及以前作为校花的虚荣生活，导致她无法忍受家庭生活的清贫淡泊。他们的人生态度、理智生活、性格修养各方面都是根本冲突的，尚志恢只是批判感慨"好人受罪、坏人享福"的社会，咏芬却爆发了，"你说我要享福？你说我不是好人？"[①]咏芬和那些悍妇文本所描写的女性一样，动辄歇斯底里发作，对丈夫加以侮辱和咒骂。志恢抱着时代流行的启蒙主义者改革社会的理想，劝咏芬："今天我们得吃苦，受罪，做点有益的工作。"令人啼笑皆非的是，咏芬却将志恢的理想叙述拉进灰色庸俗、非理性的家庭勃谿当中："工作？你做了什么工作？你的工作有了什么好处？连自己的饭也吃不饱，还说工作？"显然，到此为止，这里的故事是男性与革命的宏大叙述，而女性则是庸俗、不可理喻的，在其他类型中，这个故事当然也可能翻转为男性的自欺欺人和女性的贴近现实。这就是古往今来这种无意义的家庭生活中天天上演的荒诞剧，"几乎是一个公式，从一件小到不足道的事情开始，经过隐忍，解释，反拨，意气的反击，然后到达一个永远不可能解决的结论"。人类的生命"消费乃至浪费在这一件事情上"。按常理解决问题的出路便是离婚，然而离婚并没有那么简单。

---

① 刘厚生、陈坚：《夏衍全集戏剧剧本》（下册），浙江文艺出版社 2005 年版，第 179 页。

志恢的朋友孟文秀代表社会大众的立场，劝说志恢，作为男性应该包容女性。他以旧道德中的耆老和革命道德话语中的书记的姿态指出，女性是弱者，受到社会和男性的双重压迫，所以，"当她们犯了错误的时候，她们也应该受到双倍的原谅"。模糊大概地来看女性，孟文秀所说也许有理，但面对具体的女性个人，如咏芬，这就文不对题了，因为在夏衍这个文本的处理中，咏芬不是弱者，而是"强者"，最关键的是，她也可以做真正的强者。孟文秀又主张"对太太和平解决，办屈辱外交"，这不是对女性的尊重，而是对女性的绝望，不过是传统的敷衍煎熬，混过一生而已。孟文秀劝小云不要伤害咏芬，没有了志恢，咏芬将陷入生活的困顿当中，孟文秀这里仍然是将咏芬作为一个弱者，"你还得对你千千万万个同性原谅，同情。……她们，前一辈的女人，结婚就是生活"。孟文秀强调的是看似"进步"实则保守的社会道德，专断地要求个人为他人做牺牲，"守住一个进步知识分子的本分，要有为人而不为我的决心，最少，要有不为自己的幸福而让旁人痛苦的决心"。这里的关键问题是在个人的不能独立上，因为一个人的不能独立，逼迫其余两个人牺牲他们的幸福与人生。照存在主义式的说法，咏芬以她的不能独立、脆弱支配、挟持了他人，拿道德上的同情心、不忍之心操纵了他人。

此外，剧本出现了一个明显的男性叙事的幻想结构。在这种双方没有爱情和共同话语的婚姻中，婚外情乃是必然的结果。这里存在着一个男性叙事的结构：妻子是负面角色，丈夫与第三者才是合乎自然人性、高尚理想的一对；妻子鄙俗泼悍、传统落伍、年老色衰，情人纯洁温柔、青春明艳、时尚前卫。孟小云崇拜志恢的学识胸襟，"她的眼里骤然的放出光来"，志恢在咏芬那里碌碌无能，在小云这里却英伟高大，这当然是男性叙事的幻想。疲惫煎熬、家庭无能维持的大叔，面对着对自己"眼里骤然的放出光来"的青春少女，这是一种怎样的幻想？于是尚志恢恢复了男性的英雄气质和理想情怀，激起了昂扬的生命活力，小云就像三月的太阳照亮了他这荒芜淤塞的冬日废沼，"半小时前还是坚定地承认自己不再是一个女性中心论者的他，这时候又漫不经心地踏进了一个从来不会涉足过的青春的绚烂花园。有一点惶惑，三月的太阳也使他感到了一点热意"。小云的出现，像"掠过一道电炬的闪光"，"特别是小云，志恢竟有点不相信自己的眼睛了，和两三小时之前的那种素朴的装饰比较一下，不仅变了一个模样，简直是变了一个性格！她换上了一套淡灰色加蓝条子的细哔叽旗袍，在新梳的高发上系了一根天蓝色的缎带，高跟鞋，画了眉毛，涂了唇膏，特别使人感到意外的是她还戴上了一对镶着水钻的耳坠。像淘气的孩子似的跳进身来，用她那长睫毛的眼睛滴溜溜的屋子里一转……"不只是青春美丽，同时小云还善解志恢的心意，同情他从咏芬那里受到屈辱，"你，干吗要这么苦呀……"她明了志恢夫妻双方的不相配，"懂了一个人的寂寞，懂了人与人之间的不能理解。我仿佛踏进了一个完全陌生的世界，生活在一起的人与人之间的隔膜与冷淡。"更不能使男子拒绝的是，小云还是志恢并肩参与社会改革、点燃理想激情的佳侣，"尚先生，替那些生活上吃苦的人多做点事，不更好吗？"小云就是一个理想爱人，她甚至还代表了当时知识分子最需要的来自"左"倾的政治意识形态的支持，她意味着从身体、家庭、道德、政治对男性的全面拯救，当然也就是灰色生活中男性知识分子一个最肆意的白日梦。

第四节　现代与传统冲突语境中的个体：
余秋雨的文化传承情结

　　人不能无传统，也不能无发展，个体永远是在传统与现代的嬗变冲突的过程中存在，个体创造的文本也是存在于现代与传统的复杂语境当中。作家也是一个文本，应用文本细读方法解读作家时，需要重构该文本所在的复杂的文化语境。

　　文化是余秋雨散文与思想的中心词，赞美者称扬他为文化学者，批评者挑剔他为文化商人。但文化不只是余秋雨的独家招牌，它盘踞在 20 世纪 70 年代末以来中国人的记忆和展望里，文化这个多义的流行词，既意味着过去年代里民间社会势利争竞中的软弱无力，激进的阶级革命潮流所批判的落后反动，又意味着想象将来的民生富足、艺文发达的盛世，实现国家现代化、民族振兴所必需的科技知识和国民素质。八九十年代的中国社会心理作为一个叙述者，在余秋雨的散文和他所引发的社会文化现象上，投射了对于文化的复杂体验和态度。

一、余秋雨文化传承情结产生的语境

　　历史告诉余秋雨，强国盛世往往人文鼎盛、文化发达，危邦乱世往往艺文凋零、文化毁弃。文化既令他发思古之幽情，同时，他更信仰文化的拯救作用，他产生了一种发掘、传承文化的情结。

（一）中国文化的灾难与危机

中国自古至今无穷的灾难对文化的破坏，使余秋雨感觉到一种文化毁灭的普遍危机。他流连徘徊于陈迹废墟间，展开对民族身份与命运的自我追问："我是谁？何以生长在这些废墟之间？"[①]他发现权力、小人当道、社会失序等导致独立的个体人格的灾难，战乱、贫困则使文化失去了生存发展的物质基础。

外在的灾难与内在的弱点，给中国文化的存续和发展带来重重障碍。余秋雨探讨了中国文化与文人的内在缺陷。中国文化没有构造出与权力、财富关联起来的良性运行机制，"看不到权力资源、财富资源和文化资源的良性集结"。（《借我一生》）西方的文人学者可以追求纯粹的知识学问，而中国的文人士子摆脱不了对权力的依附身份，他们的避世往往只是期待权力的青睐，他们的入世只是充当权力的工具，他们的思想总是挣脱不了功利、道德、权力话语的束缚。保守自满、激进主义、城市生态上的缺漏、民众缺少人文目标、轻视法律意识、民族主义偏执，等等，都是中国文化内在的弱点。（《借我一生》）中国文化一直压抑常态的家园文明，鄙视自然形态的人道民生，长久陷于各种反常的狂热理想和激进革命中，常态的文化存续与积淀常被轻忽、压抑以至破坏。

中国文化向来就有失魂的病症。余秋雨认为文化的核心是独立的文化人格，而在传统文化与社会中，独立的文化人格并没有生存的健康环境，真正的文化总是命悬一线的。余秋雨痛切地感到"对于稀有人格在中华文化中断绝的必然和祭奠的必要"（《山居笔记》），文化的消亡主要是由于稀有人格的断绝，而文化的复兴首先要致力于稀有人格的培育和张扬，余秋雨文化苦旅所探寻发掘的，正是这种文化人格的源与流。缺乏文化人格，文化便徒有其表。余秋雨尖锐地批判

---

① 余秋雨：《我的〈〈文化苦旅〉〉》，《西部人》，2004 年第 10 期。

专制权力下，文化"常常成了铺张的点缀、无聊的品咂、尖酸的互窥"[1]，这种腐酸的文化不要也罢。《风雨天一阁》里指出由于图书和文化的被毁坏，民族常常缺乏理性、信仰、理想、道德、自我认识，文化危机首先源于文化主体危机。

当代的文化主体危机更是令人担忧。大众对于文化常常只是出于势利的消费，对古代艺术家或文化遗迹的关注往往只是表面的凑热闹，只是逃避排遣无聊的一种闲逛，人们对艺术创造和生命个性都很隔膜。"文化道义和文化良知"才是文化的灵魂，当代"营营嗡嗡的所谓文化"只是伪文化[2]。文化若丧失了承续的人，便产生真正的消亡的危机，从不讲母语到遗落家族姓氏，最后"语言的转换很快就造就了一批斩断根脉的'抽象人'"。

（二）文化忧患意识与传承情结

在余秋雨看来，文明是很容易遭到忌恨和破坏的。野蛮落后的征服者、抢劫者倾向于彻底毁灭文明，他们不能真正理解文明，也害怕文明的复仇。各大文明更大的悲剧是，她所遭遇的灾难是没有尽头的。首先是孤独失传的悲剧，毁灭不仅是古代城郭的废弛，更悲哀的是古代的文字和典籍再也无人能够读懂破译。其次是历代的抢劫者、掠夺者、破坏者的贪欲和攫夺之无穷无尽，"任何过分杰出的文明不仅会使自己遭灾，还会给后代引祸，直到千年之后"[3]。文化忧患意识，使余秋雨忧心欧洲文明也到了灾难的边缘上。

通过考察中西文明的悲剧，余秋雨痛感"文明很容易破碎"[4]，这是他的散文和思想中的一个显见的也是潜在的基本意象。余秋雨代破碎的文明期盼旅客和识者，他自己更以文明的知己自期。他写到汉代琉璃终逢知己后的欣喜："它已

---

① 余秋雨：《千年一叹》，作家出版社 2002 年版，第 417 页。
② 余秋雨：《千年一叹》，作家出版社 2002 年版，第 417 页。
③ 余秋雨：《千年一叹》，作家出版社 2002 年版，第 94 页。
④ 余秋雨：《千年一叹》，作家出版社 2002 年版，第 479 页。

等得太久太久，两千多年都在等待两个能够真正懂得它的人出现，然后死在他们手上，死得粉身碎骨。"（《琉璃》）文化的生命在于审美体验、创造用心的古今沟通，在经历了两千年的硝烟、饥馑、遗忘、践踏之后，汉代琉璃等到了真正懂得它的后世艺术家。

作为文化的传扬者，余秋雨痛感文明的不可复生，山石大地之上只有它破碎的残片。宇宙意识和生命意识，使余秋雨倍感文明的可贵可亲："原来人类只活动在这么狭小的空间，原来我们的历史只是游丝一缕，在赤地荒日的夹缝中飘荡。"[①]地球文明是孤独的，人类生命是短暂渺小的，地球各国文明是我们难得的同行的伴侣，彼此供给对方思想的对话、艺文的欣赏、心灵的慰藉、精神的启示、生命的皈依："人类所做的，只是悄悄地找了一个适合自己居住的小环境而已，须知几步之外，便是茫茫沙漠。"

怀着传承情结的文化人，对于文化创造的热爱、珍视、依恋，在法显大师一则记事上充分体现出来："记得法显大师去国多年后在锡兰发现一片白绢，一眼判定是中国织造，便泣不成声。"[②]以文化知己自期，以推动文化发掘、重续、复兴为使命，余秋雨的确有几分傲立流俗的气派和"得己"的淡泊宁静："我说，很多年了，我先把脚步，再把思考，最后把生命都融入了这些地方，由此你们也会明白，当初我告别了什么，逃离了什么。我可能不会再走很多路，但要我返回那些逃离地，再去听那些烦杂的声音，是不可能的了。"[③]

出于传承情结，余秋雨直面文明的灾难，苦苦探寻精神的家园，做了系统的思考总结。他总结了社会灾难的主因："缺少精神归宿，正是造成各种社会灾难的主因。因此，最大的灾难是小人灾难，最大的废墟是人格废墟。"（《借我一生》）

[①] 余秋雨：《千年一叹》，作家出版社 2002 年版，第 109 页。
[②] 余秋雨：《千年一叹》，作家出版社 2002 年版，第 468 页。
[③] 余秋雨：《千年一叹》，作家出版社 2002 年版，第 516 页。

循此思考，余秋雨建构起以重造文化人格与精神归宿为核心的文化观体系。

二、余秋雨文化意识的现代内涵

余秋雨构建了一个承前启后、沟通古今中西的文化传承形象，但在传统、现代、后现代，中国和西方各种话语影响下，在余秋雨的文本中，文化具有复杂的内涵。

（一）多元文化意识下的民族反省

现代文化意识首先需要在视野、认同上破除常见的民族主义藩篱。文化与民族不可分，文化带来民族内部认同，也导致民族之间的冲突。在余秋雨那里，一方面，可能由于考虑出版市场的商机和主流的群众心态，以及他自己也甚深的民族主义感情，他常常表达甚或利用狭隘的民族主义情绪。另一方面，《酒公墓》揭示中国文化的保守和历史的停滞，写出了一部留洋求学救国的现代史。一位逻辑救国论者所探寻的现代知识在中国无人问津，最后只能靠精湛的墓碑书法满足一些人的需要，而实际上，他的书法也没有人懂，知识分子和他的现代知识及报国抱负，都只是一场寂寞的云烟。《漂泊者们》又犀利指出中国大众社会的势利与无情，华侨千辛万苦回到家乡，老乡却只是嫌礼物轻薄，连家常都叙不起来；华侨要筹款为家乡办小学，但地方上的人却不谈教育，只谈钱。这种精英与大众、个体与权力之间的鸿沟，不能不使现代人产生对民族与文化的离心力，现代人在中西文化认同之间开始产生困惑："现代喧嚣和故家故国构成两种相反方向的磁力拉扯着他们，拉得他们脚步踉跄，心神不定。"①

多元思维方式和开放的视野是余秋雨文化探寻的方法。他相信中国文化本来

---

① 余秋雨：《文化苦旅》，东方出版中心 2001 年版，第 328 页。

就不只是一种声音，他要复活、倾听、传递中国文化的全部"复杂性、神秘性、难解性"，要凸显张扬传统文化当中富于现代意识但被压抑、被遗落的部分。(《洞庭一角》)余秋雨坚持现代和后现代的多元意识和批判精神："我们对这个世界，知道得还实在太少。无数的未知包围着我们，才使人生保留迸发的乐趣。"(《洞庭一角》)

因此，余秋雨敢于为浪子、才子文化翻案，肯定唐伯虎所贡献的"非官方文化"，他悬置人品，肯定唐伯虎"有权利躲在桃花丛中做一个真正的艺术家"(《白发苏州》)。他的多元思维和批判精神，又使他进一步质疑中国的中庸、"无执"并不是健康的多元与开放，只是"浮滑和随意"，中国没有宗教，最终只有"消耗性的感官天地"。(《西湖梦》)余秋雨质疑理性、道德所构建的"单向完满的理想状态"，他坚持人本体的复杂与不确定，遗憾于"普通的、自然的、只具备人的意义而不加外饰的人"，在中国文化里常被贬为妖，二十五史不曾容纳他们。

中国传统文化是乡村本位的，余秋雨的多元思维、现实理性精神使他肯定都市文明。他肯定以上海为代表的现代都市文化："开通、好学、随和、机灵，传统文化也学得会，社会现实也周旋得开，却把心灵的门户向着世界文明洞开，敢将不久前还十分陌生的新知识吸纳进来，并自然而然地汇入人生。"多元的、个体本位的文化心态和理念落实到大众文化、日常生活层面，便是余秋雨所推崇的现代都市文明的"各管各"。(《上海人》)而在精英文化、文化创造方面，余秋雨指出玄奘最可贵的便是他的多元文化立场："抱着极平等的心态深入往返于两种语言文化间……他对华语文化和梵文文化完全不存一丁点儿厚此薄彼的倾向。"

为了梳理出真正值得承续的文化本源与精华，余秋雨特别突出地批判了专制权力结构与制度对人与文化创造的伤害。官本位社会与专制权力制度将知识分子吸纳进官僚系统，沦为术业、知识无专攻的僚属，废弃纯粹的知识探求与实践的科学技术。科举制度的弊端导致社会心理与民族心性的严重病变，中国知识分子群体人格变得委顿、褊狭、卑劣。专制权力的肆虐使得老庄哲学堕落为苟且偷生的教训，宁静无为成了对一切责任感和荣誉感的漠然。只有少数人在权力的肆虐颠倒和取消自我的消极避世之间，仍然坚守自己的理性与道德："他要躲避的是做官，并不躲避国计民生方面的正常选择。"（《江南小镇》）

（二）宇宙意识、个体意识：文化的精魂与根底

生命意识是余秋雨现代文化观念的核心，他也以此为中心来"重构"中国文化传统。他抚今追昔，苦苦追寻文化命脉之旅，其实质和核心在于对生命意义和价值的探寻："焦渴地企盼着对诗境实地的踏访。为童年，为历史，为许多无法言传的原因。有时候，这种焦渴，简直就像对失落的故乡的寻找，对离散的亲人的查访。"（《阳关雪》）他要在枯燥实利、失落意义的当代，探寻和复活审美诗意、自由人格。这种现代的文化意识，在王维等诗人那发掘和激活的，是被宏大的历史叙事模式和冷漠实利的统计符号所压抑和忽略的个体生命，"那儿，没有这么大大咧咧铺张开的沙堆，一切都在重重美景中发闷，无数不知为何而死的怨魂，只能悲愤懊丧地深潜地底"。

生命意识、时间意识、死亡意识令现代人痛感生命之短暂、意义之匮乏、人生之虚无，余秋雨屡屡慨叹宇宙之永恒、无限，与人生之短暂、渺小，这种"哀人生之须臾，羡长江之无穷"，是中国传统思想、文学与人生体验当中的基本结构，如《白莲洞》所写的人类史对于宇宙而言极其短暂："对这堵石幔来说，人类的来到、离去、重返，确实只是一瞬而已。"《关于善良》揭示人类相对于宇宙是何等渺小："……宇宙是我们的旷野，我们是宇宙间的法显和玄奘，或者是个余纯顺，但我们的身影比蚁蝼还要细微万倍。"正是这种宇宙意识、生命意识所烛照、唤醒的个体本位意识，使人悚悟个体生命与文化之无比的可珍惜。

呼应着整个80年代的个体解放思潮，余秋雨重新挖掘传统知识分子的个人意识。他强调柳宗元突破传统人生模式的个体生命价值："个人是没有意义的，只有王朝宠之贬之的臣吏，只有父亲的儿子或儿子的父亲，只有朋友间亲疏网络中的一点，只有战栗在众口交铄下的疲软肉体，只有上下左右排行第几的坐标，只有社会洪波中的一星波光，只有种种伦理观念的组合和会聚。"柳宗元在自然山水间建构起独立的人格，在权力倾轧和宵小阴谋制造的各种颠沛流离中反而渐渐唤醒了自我。余秋雨文化之旅不是猎奇炫学、兜售古董，他所欲满足自己的生命渴求和启悟现代人心灵的，正是从古文化中发掘的独立人格和自由境界。余秋雨竭力探寻并梳理出中国文化的个体意识、自由意识的源与流，这是源："出来，就是要让每个个体都蒸发出自己的世界。"（《白莲洞》）这是流："看来，从三峡出发的人……都有点叛逆性，而且都叛逆得瑰丽而惊人。他们都不以家乡为终点。"（《三峡》）这种个体意识具有尼采式的重估一切价值、自我立法的精神，是一种浪子、旅人、逆子的文化："因为只有在别处才能摆脱惯性，摆脱平庸，在生存的边界线上领悟自己是什么。"（《壮士》）

他也警惕宏大叙事和道德话语将带来如现代"极左"激进思潮所导致的那种压抑个性和理性的恶果，他质疑大写的道德话语的"人"字："但是，这个字倘若总被大写，宽大的羽翼也会投下阴影。"（《白莲洞》）所以，在传统的宗经传道、律己甚严的士人那里，余秋雨给生命本体保留了一块空间："再正经的鸿儒高士，在社会品格上可以无可指摘，却常常压抑着自己和别人的生命本体的自然流程。"（《西湖梦》）他不会神化传统文化中的英雄，无论多么独立伟大的个体如屈原、苏轼，也受制于其社会环境、文化传承和人际关系："不能说完全没有独立人格，但传统的磁场紧紧地统摄着全盘，再强悍的文化个性也在前后牵连的

网络中层层损减。"（《笔墨祭》）

现代的文化意识是复杂多极的系统建构，审美解放是其中重要一极。从旧的礼教时代到新的革命道德话语，集体主义的道德话语压迫独立个体和审美创造，余秋雨的文化意识则旗帜鲜明地张扬美："我真怕，怕这块土地到处是善的堆垒，挤走了美的踪影。"（《莫高窟》）余秋雨赞美苏小小"不守贞节只守美"，他认为苏小小超越男权、世俗观念、伦理情感，执着于自由与美，将自身的生命与存在视为一桩美的创造。（《西湖梦》）山水自然、诗意审美庇护文人骚客暂时维系自我与自由，但外在持久的压力、历史漫长的凝滞，使得高迈苦吟的诗人也渐渐销声匿迹，纯粹的美在中国传统文化结构中终究是稀少脆弱的。

（三）文化创造与传承的主体及方向

文化最终实现在具体的人身上，文化的创造、传承、存现、运作无不具体化为社会历史中的无数个体，有健全生命力的文化需要具有健全人格的个体。文化人格是余秋雨文化苦旅的中心概念，他在文化探寻中呼唤与建构的是健全、独立、自由、创造的个体人格。宇宙意识激活了文化人格，宇宙自然启示传统文人超越权力话语、道德教条、实用理性，"大一统的天下，再大也是小的。……忧耶乐耶，也是丹墀金銮的有限度延伸，大不到哪里去。在这里，儒家的天下意识，比之于中国文化本来具有的宇宙意识，逼仄得多了"。（《洞庭一角》）文人志士的自信、执着、"穷不失义"的根源在于这种宇宙意识、生命意识，既然短暂的生命只是永恒的宇宙之一粟一瞬，权力、道德、穷困便都是有限的东西了，神游宇宙，与无限为友，士子才真能"得己"，"遭如此困境而不后悔、不告退，还自得其乐地开着文绉绉的玩笑"。（《庐山》）这也便是范钦等人的文化人格的核心，"没有这种东西，他就不可能如此矢志不移，轻常人之所重，重常人之所轻"。（《风雨天一阁》）宇宙意识所启示的清明理性与独立自我，带来了对一时一地的道德话语和权力话语的超越，而这才是个体道德与人格的根柢。

余秋雨文化苦旅所流连的不是表面的奇山异水，不是吸引眼球、成为热点的传奇人物，他魂牵梦萦的是文化的精神根底、文人的生命顿悟，因此徐霞客的足迹并不重要，他自由解脱的心悟神游才是根本："但毫无疑问，到了那时，我们今天好不容易找到的感悟和对应也将失去。"（《游三叠泉》）他在古代艺术家那里关注的不是其作品的高雅精美，而是"让艺术家全身心的苦恼、焦灼、挣扎，痴狂在画幅中燃烧"的人格与生命。（《青云谱随想》）没有这种独立的生命人格，文化与艺术便是没有灵魂的因袭与技术的拼凑："结果，群体性的文化人格日趋黯淡。春去秋来，梅凋鹤老，文化成了一种无目的的浪费，封闭式的道德完善导向了总体上的不道德。文明的突进，也因此被取消，剩下一堆梅瓣、鹤羽，像书签一般，夹在民族精神的史册上。"

余秋雨不是文化保守主义者，也不是明其道不计其功的道德空谈家，他弘扬一种兼顾义利、面向世界和现实的文化立场。一方面他批判文明进步历程中人类作恶能力与技术的"进步"，物质文明的进展没有给人类带来心灵的幸福："凶猛的野兽被一个个征服了，不少伙伴却成了野兽，千万年来征战不息。……无数的奇迹被创造出来，机巧的罪恶也骇人听闻。"[1]另一方面，他礼赞造福人生的文化苦行者和创造者的努力，虽然他们的努力常被战争和疯狂毁于一旦："……总还有一些人在战场废墟上低头徘徊，企图再建造一点大体可以称作文明或文化的什么。"[2]正因为彻悟了生命与文化超越一时一地的具体道德教条，余秋雨遗憾中国知识分子缺乏与权力的健康合作以建构文化，他们的入世只是充当权力和道德的

---

[1]　余秋雨：《文化苦旅》，东方出版中心2001年版，第36页。
[2]　余秋雨：《文化苦旅》，东方出版中心2001年版，第126页。

附庸，他们的叛逆只是孤芳自赏、脱离现实的道德自恋。

中国社会经常陷于高调理想的疯狂与暴力掠夺的旋涡，余秋雨则强调了中国文化里女性文明和家园文明的价值，这是平实的、庸常的、安宁的大地上的文明进步和文化积淀："女性文明和家园文明的最终魅力，在于寻常形态的人情物理，在于自然形态的人道民生。本来，这是一切文明的基础部位……"（《天涯故事》）但中国社会往往误入反常态的歧途，权力的野心、褊狭的激情、僵硬的教条、疯狂的信仰、欲望的贪恋，战争、暴政、混乱、内耗、鄙俗将常态的文化积淀破坏殆尽。

文明的进步、文化的切实积累，有赖于科学理性，而这是中国文化颇为缺乏的因子，他屡屡扼腕叹息于中国知识分子误入仕途、荒废科技实践与纯粹学问。余秋雨反对借承续文化之名，助傩戏这类迷信沉渣泛起："山村，一个个山村，重新延续起傩祭傩戏，这该算是一件什么样的事端？"[1]即算缺少了文明就变得不完整的宗教，其自身也不能背离文明的方向。

作为中国文化的传扬者，余秋雨希望中华文明走向复兴。文化复兴的关键在于沟通传播，因此余秋雨致力于中西文化的沟通理解。他的散文创作、传媒发声、社会活动、域外跋涉，其出发点的确在拜访深探各大文明的源起与变迁，弘扬阐发中国文化的精华与根基。尽管余秋雨有其空疏、投机、浮夸之处，但他所体现出的当代文化人的弘道热情、批判理性、敢于实践、世界情怀、未来视野，是中华文化发展和复兴所必需的。

---

① 余秋雨：《文化苦旅》，东方出版中心2001年版，第80页。

第五节　当代文学现象细读与概观：
"80 后"青春作家现状札记

文本越接近解读者的当下生活，琐屑冗余的信息就越多，这类文本的解读更需要概观方法予以提炼和引导。根据作者年龄和题材选择，一批"80 后"作家的创作曾获得"80 后"青春文学的命名。目前这批作家大致可以分为三类，我们可以选择他们的一些代表作来尝试观察。

一部分"80 后"作家很难说是作家，他们是娱乐产业制造的明星，青少年白日梦中的偶像，出版商的玩偶。郭敬明的《幻城》能写出奇幻的意象，但他只有想象可以倚仗，自我重复，人物翻来覆去总是摆出同一个夸张的造型。他的作品容量太单薄，停留于少年阶段那点幻想和兴趣当中。韩寒《小镇生活》仍是反叛现行教育体制的模式，可惜小说叙事的基本功尚不过关，很多细节经不起推敲。他也不能把握住人物，大都是漫画式、概念化的。在这些作者这里，青少年顾客消费的大概还是他们自己投射在这些"反体制明星"、时尚偶像、少年成名者身上的幻想，至于那些创作，恐怕很少有人投入阅读。

还有一部分"80 后"作家仍然没有从青春文学的自我叙事模式中走出来，顾影自怜，反复咀嚼着自己个人那一点悲喜。

笛安《姐姐的丛林》在绢姨身上放纵女孩的自恋和幻想。一方面是对引人瞩目的浮华奢靡，聚光灯下庸俗的情感游戏的羡慕和幻想："有的人就可以活得这么奢侈，同时拥有让人目眩的美丽，一种那么好听的语言，过瘾的恋情凄凉的结局之后还有大把的青春。连痛苦都扎着蝴蝶结。"另一方面是不成熟的撒娇的心态，就像琼瑶一样，是永远长不大的"小公主"：绢姨是"妈妈""最小，也最疼爱的妹妹"，却被"妈妈"当作自己女儿一样，是"三个小朋友"当中的一个。与之对比的是现实中姿色平庸的女孩："可是我的姐姐，那本《代数题解》已经被她啃了一个月，依然那么厚。"苏德的《我是蓝色》也类似自叙传式小说，书写一个有点自恋的女孩的孤独、忧伤。张悦然《水仙已乘鲤鱼去》描写女性作家生存的压力、空虚、恐惧，是女性情感的呓语，在同类型自叙式小说中比较有特色，情感比较丰富细腻。女性自叙式小说通常在语言上比较雕琢，虽然叙事比较模式化，但语言、意象新奇流丽。

春树《童年往事》将青春文学自叙式的写法提升为艺术。她承续了浪漫主义的个性书写。与狭隘的自我中心、艺术水准较低的自叙的区别在于，春树的心灵博大，情感充盈，触及人群共同的悲喜和内心所有的细节。她的感受富于诗意，好奇心穿透了客体世界的万事万物，读者借她的眼睛又一次看到了这个新鲜奇异的世界，借她的心灵回到曾经的人生的一切，惊喜，惆怅，又充满热爱。她让读者充满了复杂的感觉去复活往昔一切，似乎另一个成年的自己看着过去的那个自己活在当年的每一刻，类似于普鲁斯特。她恣肆任性地倾泻自己的印象，不在乎小说会不会写丢了前面出现过的人物。她的叙述和抒情有很大的感染力，读者愿意接受她的任性和恣意。过去的生活、诸多人物、风俗人情，活现在她的回忆当中，其效果并不亚于现实主义的刻绘。

还有一些"80后"作家日趋成熟，不再沉溺于自我的絮语，也未被简单激昂的道德义愤所支配。他们没有解决现实问题的方案，但也没有失去直面现实的能量和兴趣。他们行走于大地，无暇眺望星空。

在张佳玮的《出租车司机及预定路线》中，一开始读者以为是对物质主义的反讽，其实作者有更高的关切，小说类似于卡夫卡式的寓言：人习惯于既定的轨道带给自己安全感，对如常运转的秩序的操控，产生一种对他来说不可或缺的自我肯定的幻觉。《私奔的丁香》是对生活的冷静审视，是对自我置身事外的调侃，也可以说是叙事技术的演练，是对曾经的"80 后"青春文学的戏仿和嘲讽。青少年因恋爱离家出走，这个滥调的故事通常以叛逆、忧伤、反抗、自我的叙述姿态出现，但在这里被作者戏谑化、扭曲变形、拉低。少年人少不更事，成年人歇斯底里，双方缺乏理性、有效、"成熟正常"的沟通，官僚社会更是僵硬冷漠如同锈铁。"他依次轻拍着人行道上如标尺般整齐种植的树木，感慨地说：'这些树刚种下的时候，他还只会读连环画呢。这一转眼，都知道离家出走了。'"其叙述显示出作者文体的弹性和厚度，在冷峻尖刻的反讽中闪现温厚的亲情与幽默，文本内含多重的自我驳诘。"标尺般整齐"，可见孩子从小是在一种僵硬的彼此隔膜的规训下成长，如此成长起来的孩子出乎意料地叛逆了，而"标尺般整齐"的教育下的叛逆其实是不必要的、幼稚。小说结束于父母对于出走的儿子的牵挂，尚未完全脱离青春文学的框架。

叙事技巧比较老到而富于实验精神的是小饭。他的小说《一个普通的早晨》将内容和倾向抽离几至于无，读者只看到刘星星与村长的争执，刘星星打死了村长的狗，村长为了报复，将刘星星药倒在地，最后为了捞起狗的尸体而陷没在臭水沟里。读者很难判断人物之间的关系及其善恶。对狗来说，刘星星是"混小子"。十年前刘星星被马蜂蜇了，找村长"叔叔"求助，十年后两人却以命相搏。《在阳光下》以早期余华式荒诞、变形的方式叙述父子两代的冲突，想象奇特。父辈的生命力的衰老、现实、对子辈的退让，子辈的生命力的膨胀、唯我、对父辈的暴虐，写得触目惊心。水泥和树根的意象奇特，水泥是僵滞板结，是文化和物质，树根是生命怒放、不羁，是反文化和反束缚。小饭的一些成功之作并不像当代最初的先锋派生吞活剥卡夫卡，他写得毫不勉强，既不黏滞于现实，又不至于不知所云。与一些自恋的"80后"作家相比，作者是很高明的，但他有些走火入魔，过于迷恋文本的游戏和叙事的技术，特别是在他一些不太成功的作品里，如《三刀》《为什么没人跟我讨论天气》《歌手》，其中的意象就是晦涩混乱的。

将笔触伸向文化的有周嘉宁的《合欢街上的悲欢离合》。但小说只能说是速写、梗概。其原意或许本不在某一个故事和人物，而企图以群像来烘染出街巷文化的底蕴。但铺开的面太广，笔力涣散，作者积淀、沉潜不够，还没有酿造出街巷文化的味道。

马小淘的小说简直是"80后"生存处境的写照，房奴、工作的压力、生命的困顿，然而人性、诗意、精神的自由并未被吞噬。《毛坯夫妻》先抑后扬，前半部分似乎不满当下都市女性的逃避竞争，生活困顿、失意到极点，后半部分却转而肯定人性的质朴、淡泊、温暖和诗意，抗议社会的压力和物欲的挤压。小说琐细的叙述呼应着生活的艰辛，在琐屑压抑当中反弹出幽默和讥刺来，在物质主义挤压下伸张着人性和理智的力量。小说有些纠葛之处，一方面否定温小暖生命力的委顿，脱离社会现实，但另一方面，务实而又不失超越，写出其人性的自然、诗意和反抗。叙述的迂回和复义正是作者比一般人高明之处。作品触及了"怪异"的"哲学"：现实与理想、物质与精神、孤独与合群等各种难解的悖论。温小暖在物质上是超脱的，在精神上是自足的，但她的确因脱离现实而显出生命力的委顿。在现实的进取、物质的紧张和精神的自由、自我的满足之间，不容易找到一个合适的平衡点。小说批评了一些人，陷没在铁冷的物质、金钱以及以此为基础的所谓合群当中，觉得精神和人性是奢侈的、多余的、无用的了。但是，物化的沙雪婷是一种精神的匮乏，自我满足、自我退缩的温小暖可以说是另一种精神上的匮乏，温小暖的精神暂时还缺乏融合现实、克服现实的力量。

对现实的批判和人性的审视达到了很高境界的是甫跃辉的作品。在 2013 年作品《饲鼠》中，作者犀利地表现了底层小人物复杂阴暗的心理，又进一步深刻揭示了其作茧自缚、画地为牢的宿命。老鼠对于生活的侵扰，和人因此而不堪其扰，是匮乏、贫窘生活对人的伤害和禁锢。童话、诗意、明亮、温暖、没有噩梦、酣畅淋漓的睡眠，是富足、自由、快乐、尊严的生活的象征，而千疮百孔、如钢丝分割肢体般、睡不安枕的梦，则是底层小人物贫窘生活的象征。公共洗澡间逼仄墙壁如鼻涕，是对身体的侵犯与亵渎，以臃肿中年妇女为代表的邻居，侵入彼此的私人空间、抹杀个人的精神需求、无视个体的独立意愿，是底层人物精神世界荒凉、解体的象征。对对面高档住宅楼里过着体面生活的青春女孩的窥视，是底层小人物挣脱泥淖生活的可能性的暗示。作者的观察和描写是悲观的，沉溺于脏污不只是身与境，更在于心与命，顾零洲们在权力、消费、伤害他人当中转移、自我蒙蔽了脏污对于人的窒息。作为短篇小说，作者显然没来得及充分展开顾零洲为何选择、走入了这样一条黑到底的命运。小说提供了一抹亮色的可能性，但最终让人物彻底黑化，显示了作者悲观、批判立场的彻底性、深刻性。

在《巨象》中作者同样描写了面对生活的压力，男性自尊的脆弱、心灵的崩溃。《骤风》的观察和描写也很见功力，体物入微。傻儿子新买的皮带随即就丢了，但狂风起时却知道将母亲伏在身下保护她。作品以特殊的手法表现儿子对母亲的爱，有一种动人心魄的效果。《初岁》以迟子建式的方式写儿童与成年世界的隔膜。儿童与万物的融洽，被成年世界的功利和冷酷所破坏。这也是青春文学、儿童的视角，但没有自我中心的、以青春为卖点的习气。甫跃辉好像是以黑色的眼睛寻找光明，他的作品中有理想、人性的闪亮，但往往淹没在似海的深黑里。

读者震动于他笔触的犀利深刻，虽然批判的同时即是理想在呼唤，但读者还是期待他能展示理想更强有力的、令人悦服的力量。

这样，"80 后"作家们一一审视自我和社会、过去和当下、现实与情感，开始思考生命、人性、时代、世界、艺术之谜。"80 后"作家们不再是大众传媒所策划设计的市场符号，他们成长了，自己审视自己，也审视身外的一切。

现在，他们开始自己定义自己，我们早已无法简单地定义他们。

第六节　通俗文学文本细读与概观：
柯兆龙《生死对决》

　　通俗文学、大众文化文本常常呈现为类型化、模式化、浅表化、欲望化形态，往往局限在单义文本之内，文本细读与语境分析方法有助于解读者重建单义文本的深层意蕴、隐含语境和互文文本。在这个消费主义时代，柯兆龙这部小说《生死对决——温哥华的中国富豪》秉持理想主义立场，以弘扬人文精神的积极姿态叙述正义与邪恶的生死对决。作品关注当下、干预生活，具有鲜明的时代气息和使命意识。

　　小说里正直的方国良律师代表着法律的公正严明，而陈秋、余国伟身为移民，心系祖国，他们关切祖国的生态问题及经济发展，希望为祖国经济社会的健康发展做出实绩。这一批高素质的新移民坚定捍卫民族的形象和尊严，痛心于某些人民族素质的低下，陈秋因为某外国高级职员的辱华言论而痛下狠手将其就地解雇，贺晶晶则冷静反省部分中国移民将民族劣根性带到了异国。这部小说可贵的地方正在于此，其中所弘扬的民族意识并不是狭隘保守的，而是具有开阔的全球意识和理性的自我批评精神。如余国伟的民族关怀便具有人类性的眼光和世界性的胸怀，他认为生态恶化问题不只是任何一个国家的事情，也将波及整个世界和全人类生存。以一批优秀的新移民形象为隐喻，作品构建了关于民族文化发展的梦想和期待：古老的中国民族不仅要完成现代化的跃进历程，而且要通过创新开拓、借鉴学习，将本土文化的悠久长河汇入世界现代文明的海洋。小说的生态意识和环保理念更能体现时代的特色和现代的理性精神，彰显了作家对整个世界和人类整体生存状况的关切，这是传统的拯时济世的文学意识在当今全球化时代的延续和发展。这种文学立场与小说当中的现代民族意识互为表里，使读者对民族及文化的复兴产生了信心和希望。与其他新移民小说不同，这部作品的写作范式从传统基因到整体风格都还是本土的。

小说也张扬了一种融传统的和谐、专一与现代的独立、挚爱理念于一体的理想家庭模式，叙事中隐含着齐家治国的古老原型的现代转换。王根宝政治、商场上失败的必然性，从他令人发指的家庭罪孽即可推断出来，逼使读者对道德困境与人性裂变产生沉重而迫切的反思与忧虑。余国伟事业上的成功则与他的完美家庭和个人道德相互辉映，他与妻子忠诚相爱，对女儿教养有方，在倾心于自己的美色面前坐怀不乱。然而他并不是过度压抑自我的假道学，面对一个美丽、智慧、对自己倾情相恋的完美女子，他也陷入痛苦挣扎当中，但他最终在情感和理智、欲望和道德的冲突中痛斩情丝，理性地选择了家庭、忠诚和责任。小说当中的家庭叙事和道德意识呼应了当下包括西方发达国家在内的世界潮流：回归家庭，重建和谐挚爱、个性独立的家庭模式。

显然，作品中有较多的主旋律写作元素。事实上，主旋律写作也能做到既弘扬一种积极健康、振奋人心的思想导向，同时也敢于不回避尖锐重大的社会问题，艺术上安排缜密、阅读起来引人入胜，对这样的优秀的主旋律文学作品，广大读者是欢迎的，如周梅森、张平等人的一些成功之作。《生死对决》当中对民族文化的反省、批判与展望，对复杂人性与道德困境的忧思与审视，开阔宏大的全球性视野和现代理性精神，都使作品具有了独特的思想上的深度和描写上的力度。

余国伟，是一个道德英雄，是融合了西方文化、现代意识与世界眼光的一代儒商，凸显了作家的理想主义情怀，在躲避崇高、玩文学的大众文化时代，这类人物的出现的确有一定的振衰起弊的人文价值。更难得的是，这个人物并不显得过于拔高，比较符合不少读者的期待。文学作品当中的理想英雄能获得读者认可，往往得力于叙述主体充沛的道德激情、昂扬的理想情怀和鲜明的现实担当意识的强劲注入所带来的感染力，也得益于作家在丰富坚实的生活积累的基础上呈现的饱满的艺术细节所带来的"现场感"，以及跌宕起伏、环环相扣的紧张情节所营造的令人透不过气来的震撼力，等等。《生死对决》在这方面取得了一定的成功。当然，理想英雄是最难塑造的。现实的混沌与荒芜，创作主体的激情和理念，叙事上要求具有内在逻辑、缜密脉络，当下多疑犹豫的接受者，等等，文学场域当中这诸多的要素和声音之间常常存在距离和裂缝，叙事艺术要将其调和、安排得当，是比较困难的，当代为数不少的类型化的主旋律作品常常难以得到民众的叫好，就是这个原因。从这个角度来看，小说的确也有一些不足。如余国伟宴请外国专家吉米和卡特那一段，为表现余的临财不苟得的君子诚信之风，便安排得有些刻意、生硬，因为高级酒店里的经理不会这样草率地认错自家的老板，也不大可能需要其擅自做主给自家的老板免单。再如贺晶晶为拯救余国伟而献身于刘豪杰一段，一定程度上也流于臆想、庸俗和艳情，对贺晶晶独立、智慧的形象有所削弱。由于企图迎合当下文学市场某些低俗的消费主义倾向，作家笔力有时稍嫌不足，考虑稍欠周慎。作家主体在某些涉及两性关系的描写时，其严肃的艺术自律意识有时会有些模糊动摇，偶有失去艺术分寸感的败笔出现。

本书作者也熟谙商业叙事和类型化写作的技术，情节的紧张进行有如热播电视剧，一集要结束时，英雄主人公常常遭阴险毒辣的小人算计而陷入性命之灾。小说调入诸多流行的商业写作元素为作料：如反腐打黑，以满足某些读者对权力阴私窥视的趣味；如异国情调及海外移民富豪的奢靡排场，以满足部分读者对富豪世界和移民生活的艳羡向往。

文学文本都是文化与现实的隐喻，其中往往交织着多重的声音和语义。《生死对决》的理想主义叙事实际上奏响着几组象征的声音，除了前文已提及的主旋律叙事和商业写作之外，更重要的是时隐时现的写实主义的冷峻音调：在理想主义的辉煌背后是写实主义的阴冷，在英雄主义的热情背后是写实主义的清醒。对于某些接受者来说，这一个声部可能显得更为突出。

王根宝阴魂不散，就像《沉默的羔羊》中的食人狂，最后隐藏在滚滚人流之中，随时准备还击和报复。他充满了能量和生命力，仿佛社会和人性当中的恶永远不能彻底根除。余国伟固然永远不会被击败，他被击倒了，总是能再度站起来。可是王根宝也是如此，他不断失败，又不断重来。这既是古典的阴阳二气永恒的对立模式，也是现实状况的某种隐喻：邪恶总是潜伏在光明当中。这也是小说叙事运动的循环，在"元叙事"里，恶徒小人和正人君子都是永恒的。从文化学和叙事学的角度来看，这种道德上的两难困境和叙事上的无限循环，是无法解决的。

呈现社会历史和人性的复杂性是优秀之作的特点，《生死对决》正是如此，作品中写实主义的批判与理想主义的叙述两种声音构成了互相驳诘、缠绕的迷局。

《生死对决》的文本客观呈现出审美和思想的深度交织：在理想主义的朗照之下拖着权力崇拜的浓重阴影，在英雄主义的号角声中间杂着怀疑主义的阴冷噪音，群星璀璨的道德苍穹背后，是看不透的无法给出简单的伦理定义与答案的灰色与混沌。在表层的理想之后还原历史、人性、社会的复杂和深度，正是文学审美的更高价值与更大魅力之所在，这部作品给人更多回味和思考的，是在写实主义的这一面。缺乏批判意识和写实基质的理想主义，必然蜕化为自欺欺人和苍白空洞的宣传教化，缺乏理想情怀和道德观照的写实主义，必然沦为刻板的自然主义和冷漠的虚无主义。我们期待该书的作者在克服生活储备越写越少这一难题的同时，能将结合调剂理想与写实——这文学永恒的两极——这一写作路子继续坚持下去，在新作里既奉献振奋人心的正能量，又刻画出历史和人性的深度。

第七节　唯美文本细读：
何其芳早期的文学追求

一、唯美主义

以下将细读何其芳从 1930 年到 1936 年的思想、心态和文学理想。1930 年，何其芳和杨吉甫创办了小刊物《红砂碛》，何其芳在《释名》里写道："我们要留住那刹那时拣着了，刹那时又失掉的欣悦的影子。"[①]欣悦的本体是人们无法猜着的谜底："你终于如预言中所说的无语而来，无语而去了吗，年轻的神？"[②]"还是在替这荒凉的地方虚构出一些过去的繁荣，像一位神话里的人物，用莱琊琴声驱使冥顽的石头自己跳跃起来建筑载比城？"[③]这都充分表明了何其芳这一时期的唯美心态。唯美主义一般认为人生的含义只是力图充实并尽情陶醉于每一刹那的美感享受，进而片面强调美的无利害感。也有的唯美主义者企图借助对客观事物的描写，以象征超越现实，使心灵与神明相契合。上引何其芳的诗文道出了唯美经验一瞬即逝的特点，如佩特所说："个别心灵的这些印象……在不断地飞逝……实际上存在的只是一瞬间，当我们试图去抓它的时候，它就飞逝了。"[④]又

① 周忠厚：《啼血画梦傲骨诗魂》，文化艺术出版社 1992 年版，第 9 页。
② 何其芳：《何其芳文集》（第一卷），人民文学出版社 1982 年版，第 9 页。
③ 何其芳：《何其芳文集》（第三卷），人民文学出版社 1983 年版，第 228 页。
④ ［英］佩特：《文艺复兴·结论》，引自赵澧、徐京安：《唯美主义》，中国人民大学出版社 1988 年版，第 76 页。

说："经验早已被减缩为一大堆印象，它在人格的那一道厚墙上替我们每一个人发出回响，没有一个真正的声音曾经穿透这道墙壁到达我们这里，或从我们这里到达只能由我们猜测的那墙壁以外的地方。每一个心灵都像孤独的囚徒一样……"[①]对这种唯美印象的极端个人性，难以理解沟通的潜意识内容。何其芳说："黑色的门紧闭着：一个永远期待的灵魂死在门内，一个永远找寻的灵魂死在门外。每一个灵魂是一个世界，没有窗户。而可爱的灵魂都是倔强的独语者。"[②]

此时的何其芳徘徊在"死"与"活"之间，他在致吴天墀的信中否定一切，企图证实这世界"是否应当毁灭"[③]。"天下乌鸦一般黑"，无处不令他厌憎：童年时代，何其芳的父亲"贪婪、悭吝、粗暴……在屋里吊着楠竹片子，稍不如意，就顺手抓过楠竹板子，对了其芳劈头盖脸打来……"[④]；在万县中学的时候，"这里的社会环境，却使他感到阴暗、湫隘、荒凉。学校内外，那些彼此的倾轧、争斗，使他感到惊惶"[⑤]。教书时，"在那教员宿舍里，生活比在大学寄宿舍里还要阴暗"[⑥]。所以，何其芳说："这由人类组成的社会实在是一个阴暗的、污秽的、悲惨的地狱。"[⑦]人所羡慕的伟大或不朽不值得孜孜以求，因为一个古代的文人，人们所窥见的，不过他某一时间留得的一点文字而已，至于他一生内心凄绝或豪迈的感情，没有人懂。年少时连做美梦，何其芳都觉得十分勉强，所以自认为天性不适宜于作活的人。至于友情，何其芳对好友毫不掩饰：朋友"于你或许并不必要"[⑧]。存在主义者在一个丧失所有目的、全是偶然和荒诞的世界，尚且肩负着自由的宿命，对自己面临的各种可能性加以选择，那么，何其芳怎样看待"活"呢？他主

① ［英］佩特：《文艺复兴·结论》，引自赵澧、徐京安：《唯美主义》，中国人民大学出版社1988年版，第76页。
② 何其芳：《何其芳文集》（第二卷），人民文学出版社1982年版，第14页。
③ 何其芳：《致吴天墀信六封》，引自易明善等：《何其芳研究专集》，四川文艺出版社1986年版，第153页。
④ 尹在勤：《何其芳评传》，四川人民出版社1980年版，第4页。
⑤ 尹在勤：《何其芳评传》，四川人民出版社1980年版，第12页。
⑥ 何其芳：《何其芳文集》（第二卷），人民文学出版社1982年版，第219页。
⑦ 何其芳：《何其芳文集》（第二卷），人民文学出版社1982年版，第82页。
⑧ 何其芳：《致吴天墀信六封》，引自易明善等：《何其芳研究专集》，四川文艺出版社1986年版，第152页。

张对社会、他人不予理会，对一切都马马虎虎，也没有心思去诱引人家也这样漠不关心。也有两类人，一种人能永远保持坚超的志与力在人世做一匹骆驼，或许在所走的沙漠里能够发现一股清泉；另一种人则能尽量用他的力量，给人很丰厚的扶助。何其芳则如《即使》中所言："即使是沙漠，是沙漠的话，我也要到沙漠里去住家，把我飘零的身子歇下；即使那水土不适宜于我呀，总适宜，适宜于我的死吧。"①像是坚韧勇敢地对抗枯瘠的生活，实是嘲讽找不到归宿的空虚、无意义，最终是"我已完全习惯了那些阴暗、冷酷、卑微……从此我极力忘掉并且忽视这地上的真实。我沉醉、留连于一个不存在的世界"②。

何其芳窥觑、揣测许多热爱世界的人，他们心里也有时感到寒冷吗？因为历史像根线伸向无穷，其间人占有的是很小的一点。他心里充满了人的匮乏、有限、荒谬感。日后面对艾青所谓"大观园小主人"的责难，何其芳自辩为"理想主义者"，亦即"从之（人的有限性）出发然后世上有可为的事吧"。③他的"理想"，也就是从异国人鱼公主故事里抽绎出的"美、思索、为了爱的牺牲"。正是它支持何其芳走完了他漫长寂苦的早年人生道路；缺乏意义将导致神经官能症，弗兰克因此提出：这世界上并没有什么东西能帮助人在最坏的情况下还能活下去，除非人体会到他的生命有意义。④何其芳后来的自辩隐含着社会批判、革命话语的支配，即他不满社会的黑暗和奴役，内心是抗争的，对幻想美的向往乃是否定现实的一种途径，也奠定了接受实际的群众革命的基础。这当然是何其芳的"意识形态"，其实早年的唯美极个人化，具普遍性，在"黄金世界"未出现之前如此，在未来的"黄金世界"里恐怕也如此，因为唯美本来就与"黄金世界"同构。唯

① 何其芳：《即使》，引自何其芳：《何其芳诗全编》，浙江文艺出版社1995年版，第36页。
② 何其芳：《何其芳文集》（第二卷），人民文学出版社1982年版，第82页。
③ 何其芳：《何其芳文集》（第二卷），人民文学出版社1982年版，第17页。
④ ［奥］维克多·弗兰克：《活出意义来》，生活·读书·新知三联书店1991年版，第109页。

美主义者本质上要追求的是感性、想象、情感的自由解放，追求自由的直觉状态，这是一种审美解放。

二、纯文学观及其理论局限

既然生存如此不堪重负，那文章又能有什么作用呢？要找一点欢快得使生命战栗的东西，在闭户读书、写作中能否找到？怯弱而敏感的唯美——颓废者首先将文学视为独立的存在。何其芳借文章中人物之口攻击托尔斯泰将文学依附于宗教之上。一个音乐家遭遇这样的时刻：一种更切要的生命呼号；一种共同的不幸所聚集起来的愤怒；或者一种濒于危急的叫喊……他应该坚忍地做他自己的工作，不必突然击碎他的琴从窗子里跳出去追随着那些在街上擎着火把的人们歌唱[①]。正如刀架在阿基米德脖子上时，阿氏请求画完那个圆——仍是那种对旁人的死也持冷漠态度的延续。由此可见，何其芳的纯文艺观既然从人生观推衍而出，那它就很难承受现实苦难对所谓"自甘凉血"者的血泪责备，因之由确有问题的人生观殃及无辜的纯文学观；文学可以超越道德，文学家却不可缺乏每个时代所必需的道德承担。但是何其芳却把文学与道德置于同一个范围内加以评骘，应用伦理的标准，以简单、专制、特定时代的道义谴责侵略性地否定了文学的艰难探寻。文学在中国几乎从未成为独立的工作，这也与道德、实用（利用厚生）至上，忽视科学、为求知而求知的精神的传统文化心理及频繁的内乱外患有关。文学可以不计短期功利，可以与现时代人类、社会间离开较大的距离（并非鼓吹文艺家或其他人遁世；如前言，纯文艺观与人生观、道德不相干），这样的角度或者于人类的贡献更大，因文学的超脱、博大，具有人类性，束缚更少，不涉私利，因而

---

① 何其芳：《何其芳文集》（第三卷），人民文学出版社 1983 年版，第 226 页。

少偏见，所以倒能催醒人类洞见特定时代、区域的政治、道德之狭隘、虚伪、残酷，从而解放人类，推动社会和谐地发展。总之，道德、政治的时代性、集团功利性不可闷死文学对永恒、真理的追求和对时代意识形态的超越。审美解放与政治解放、经济解放是并行不悖的，压制审美解放的政治、经济解放事实上将退化变质，审美解放状态下的人更能敏锐地感受到社会的不公正而加以反抗，审美解放者是革命者的同志。

纯文学作者之最大成功在于避免他自觉的意义而能由读者不断阐发各种意义。作者创造的文本必须具有审美的结构，能激发读者多方面地感受、联想、思考，这既是纯粹创作附带产生的成果，又可算检验审美结构的一个标准，因为毕竟噪音、小儿涂鸦到目前为止人们看去还是混乱不堪的，不能产生审美效应。假若作者蓄意传达一个单一明朗的题旨，读者即刻达成与作者毫无分歧的共识，那么作品就不够纯粹，而类乎宣传品，蜕变为思想或其他东西的传声筒。所以创造者往往就像超现实主义者那样："使明显的不相关联的物件、意念或文字碰在一起，以及坚决地将事物和它的上下文割裂。"①纯文学是一种无羁的而又具有天然生成般结构的想象，无论什么都可以成为想象借以飞腾的翅膀：酒、自然、德行。拒绝僵化、固定的概念意义，是对流行的观念束缚、陈旧的道德压抑的解脱，审美体验令主体苏醒自然人性，重逢平等独立的他人。

三、求纯粹而不得的文学悲剧

阅读温庭筠的一首七绝时，有人欲从那空幻的光影里寻一分意义，何其芳则认为诗纵然表达着意思，但他欣赏的却是姿态。道德、宗教、政治功利是被驱逐

---

① 郑敏：《诗歌与哲学是近邻》，北京大学出版社 1999 年版，第 22 页。

出他的文学乐园了，依赖于推理为概念、思想搜索形象外衣式的制作方式亦为他所不取。水流云行于他心灵上的是一些颜色，一些图案；从意象到意象之间的锁链被省略了。他心醉神迷地在想象中吟哦、抚弄、雕琢着古代、异国的故事。空灵飘逸之想象川流里，他时有发现奇景的欣悦：王子猷雪夜一舟访戴，呼吸到农家生活平凡、质朴、温暖、安谧的烟火气后，他为"平常的自以为不平常的"时髦名士们羞惭：多可笑的隐居！遗弃世俗而反为世俗所知道、惊异、传说。[①]思想、哲理也成了想象在遥远古代清旷的雪夜中探险所获的珍异；刘西渭因之论道："同在铺展一个故事，何其芳先生多给我们一种哲学上的解释。"[②]承上文所谈，何并非仅意在给出哲学解释，否则创作将沦为哲学之婢女了；当文学解释哲学时，它的纯粹性就被扼杀了。刘西渭毕竟是不凡的批评家，他随后又说："他（何其芳）避免抽象的牢骚……用技巧或看法烘焙一种奇异的情调……"[③]用看法烘焙一种奇异的情调！此语捉住了何超达深渊的文学创造最隽妙之处。周作人论"兴"时说："兴体之好词，盖其句迹似写实，而所含意趣又与所写的情调有冥合之点，即情境相调和。此是所谓兴之趣味，与泛点时地者不同。"[④]徐文长论民歌亦说："诗之兴体，起句绝无意味……（民歌）真天机自动、触物发声，以启其下段欲写之情，默会亦自有妙处，决不可以意义说者"[⑤]，在自由想象的沉醉、飞扬上，这与周作人、何其芳所说的是相通的。

何其芳认为真正的艺术家的条件在于能够自觉地创造，像上帝一样，创造出一个奇迹，一个崭新的似乎比现实更值得生活下去的乐园（反过来它将推动人们

① 何其芳：《何其芳文集》（第三卷），人民文学出版社1983年版，第177页。
② 何其芳：《致吴天墀信六封》，引自易明善等：《何其芳研究专集》，四川文艺出版社1986年版，第594页。
③ 何其芳：《致吴天墀信六封》，引自易明善等：《何其芳研究专集》，四川文艺出版社1986年版，第594页。
④ 周作人：《关于骈文的通信》，引自钟叔河：《周作人文类编》（第一册），湖南文艺出版社1998年版，第429页。
⑤ 徐文长：《奉师季先生》，引自郭绍虞：《中国历代文论选》（第三卷），上海古籍出版社1980年版，第93页。

去愉悦、美化、提升自己的生存，而非单单鄙弃日常生活；再说，非难日常的那些避世天才们比沉沦于日常生存方式者予人更多诗性和启发），一个类似于象征主义者穿透现象世界后领受到的本质更真实的世界。他悟出自己前期那些爱情诗依傍太多，并非完全独立的创造："当我们年轻的时候，我们心灵的眼睛向着天空，向着爱情，向着人间或者梦中的美完全张开地注视，我们仿佛拾得了一些温柔的白色小花朵，一些珍珠，一些不假人工的宝石。但这算得了什么呢？"①自由地想象与创造，鲜活灵动的感性，解放了的情感与语言，将使主体重建与世界和他人的自由关联。

与何其芳对这种"自我表现""情感外化"的个性文学的厌恶一样，济慈也主张"一种消极能力，也就是能够处于含糊不定、神秘疑问之中，而没有必要追寻事实和道理的急躁"②，诗人的性格"不是它自己——它没自性——它是一切，它又什么都不是，它没有性格——它欣赏光线，也欣赏阴影，它淋漓尽致地生活着，无论清浊、高低、贫富……"③在审美想象和直觉中，主体与对象世界本体展开无遮蔽的、亲密的互动与对话。

随着独立创造这一文艺观的日趋明朗，何其芳进行着苦心孤诣的文体试验。比如散文："我的工作是为抒情的散文发现一个新的园地。我企图以很少的文字制造出一种情调：有时叙述着一个可以引起许多想象的小故事，有时是一阵伴着深思的情感的波动。"④又如戏剧："比较冗长的铺叙和描写，我感到它是更直接更紧张地表现心灵的形式。但我一开头便忽视那些动作，我只倾听那些心灵的语言。"⑤这些探索性文体以及《浮世绘》等小说，具有一些共同的美学特征：内在

---

① 何其芳：《何其芳文集》（第二卷），人民文学出版社 1982 年版，第 61 页。
② 济慈：《书信》，引自伍蠡甫：《西方文论选（下卷）》，上海译文出版社 1979 年版，第 65 页。
③ 济慈：《书信》，引自伍蠡甫：《西方文论选（下卷）》，上海译文出版社 1979 年版，第 65 页。
④ 何其芳：《何其芳文集》（第二卷），人民文学出版社 1982 年版，第 127 页。
⑤ 何其芳：《何其芳文集》（第二卷），人民文学出版社 1982 年版，第 122 页。

性，形象不拘泥于实处，人物被剥离掉外在特征、个性标识和人格面具，风格的深邃幽渺。正如想象的流水自然流淌形成的一道道情致各异的风景。

总的看起来，何许多作品仍靠情感线索、抽象思维及其他贯串性的题旨道具来辅助整体的构成。只能退而求其次了，作者的创作总要倚赖一些支撑点，但他需极力逃避、隐匿导致明确固定的主题性的东西，同时激起读者丰富的再创造。《莎乐美》《野草》才是真正纯粹想象的象征佳构，何无迹可寻而又魅惑人久久不忍释卷的作品自然也有。比如堪称精品的《扇上的烟云》[①]，诚如文中人言："你这些话又胡为而来？我一点也不能追踪你思想的道路"。这篇散文是唯美主义思想的象征。一至七节：感官熟稔的实在世界令人生厌，有很可怜的限制，他喜欢想象辽远的、不存在的东西，如色盲者看红花却是蓝色。八至十三节：他喜欢纯粹的美的表现，在体悟到美的刹那间抓住了永恒，超越物质、精神都贫瘠的现实。十四至二十三节：扇上的烟云，他所珍惜的梦，均指那瞬间捕捉、意会到的美之影像。所谓等你找到恐怕影子已经十分朦胧了，乃谓纯美之稍纵即逝，直觉到它和言传出它的艰难，以至可以说，那只是一种意向性；那是一个伊甸园，而你只能隐约觑见它的门。古往今来的艺术圣徒们创造了种种镜花水月来祈拜它，也永远无法留下它。假若读者对上述分析没有争议，或无从再有新的阐释，那只能说它仍然未臻化境，可悲地落入了俗套。另一方面，这也是阐解的唐突和僭妄，因为唯美文本本来只供体验，不宜于上述逻辑思维的肢解。纯粹文学的非确定性不是绝对的，它只是指作品的意义能无限生成，创造性想象的无迹可寻，与此同时，作品必须具有流动的审美结构，具有意义的可生发性，并非绝对的拒绝理解（但这种理解却只是一座渡向意义不断生发、更新的非确定性彼岸的桥梁，理解与非确定性之间必须保持着某种程度的张力，形成永恒谐振、流变着的审美场）。

① 何其芳：《何其芳文集》（第二卷），人民文学出版社 1982 年版，第 56 页。

岂止诗无达诂？妄图解诗者都是杀害诗歌的刽子手。诗是无目的的，无论多么玄妙的感觉，多么奇异的情感，多么瑰美的意象，多么高深的思想，一旦作者抱定了某一目的，或读者看定了某一目的，诗之纯粹就被杀死了；阐解的完成，目的的实现，自由想象的停滞，就是诗的死亡。正因为这样，沈从文《答凌宇问》中反反复复表示：自己作品与改造国民性的思想毫无共同之处，用笔时并不有什么一定主张，不可能一面写什么，一面还能联想什么；没有人生莫测的命定论那么高深的寓意，最担心批评家从自己的习作中找寻"人生观"或"世界观"。甚至斩钉截铁地断定："我的一切习作都缺少什么寓意。"①当然，沈从文这儿主要是担心"左"的观念，庸俗社会学对作品的曲解、简单化，利用、糟蹋，实际上他注意到了接受障碍——"不易明确把握它的主题寓意何在"②。但另一方面，他的"抽象的神"③与何其芳的纯粹文学一样，其本质也在于想象的解放。

综合上述分析，文学之纯粹在于流动而暗合结构、秩序的想象；它的结构、秩序也是流动的，无法凝固抽象，永远不会重复，它能产生无边的印象、情感、思想。正如宗白华所言："形象可以造成无穷的艺术魅力。可以给人无穷的体会，探索不尽，又不是神秘莫测不可理解。音乐也是这样。音乐的语言如果可以翻译成逻辑语言的话，音乐就没有存在的必要了。"④何其芳的《静静的日午》《楼》《岩》《黄昏》《风沙日》《三月十三日晚上》等都颇富那种美妙的纯粹性，在此也就不再枉然饶舌了。

何其芳自譬为芦苇，不知是一阵何等奇异的风鼓动着他，竟发出了声音，风过了便沉默。这与生活构成了必须解决的矛盾。一方面，他企图不让生活、思想、

① 沈从文：《沈从文别集·柏子集》，岳麓书社1992年版，第8页。
② 沈从文：《沈从文别集·凤凰集》，岳麓书社1992年版，第25页。
③ 沈从文：《沈从文文集》（第十一卷），花城出版社1984年版，第379页。
④ 宗白华：《艺境》，北京大学出版社1997年版，第295页。

情感玷污诗的纯粹，但在表达乃是内心的外化的惯性作用下，他失败了；另一方面，他收获的却是无法继续用精致装饰下去的贫乏，并没有预想中绿荫的荒漠。综观何其芳一生，由于个人融入时代大潮，用文学服务于民族、阶级的解放，尤其是未将纯粹文学追求和政治、道德责任区分开来，可以说他的创作生涯也是一个求纯粹而终未能得的悲剧。纯粹美的世界的幻灭，不是因为与现实世界重建关联，而是因为未能坚持纯粹审美体验，在纯粹审美体验下融入真实的对象世界。

第二章　跨学科细读

　　韦勒克将文学与哲学、艺术、文化等之间的关系研究称为外部研究，将对文学文本中的声音、形象、叙述等的研究称为内部研究。新批评的传统是主张研究文本本身，认为研究与解读文学时对外部的关注是错误的。但文学的内部研究与外部研究是不可分割的，文学文本之外的因素能够转换进入文学文本内部，呈现为文学文本的声音、形象、语义与叙述。因此文本细读方法以文学文本本身、文学审美效果为中心，展开对文本外部诸因素的辨析，解释外部因素如何与文本本身发生化合、渗透、对话的作用。文学的跨民族、跨学科、跨媒介、跨艺术研究，更应该不离开文学文本与审美效应的视点，应当始终关注外国文化及其他学科、媒介、艺术如何被吸纳、转换为文学文本的要素和效果。

第一节　文学与音乐：
冯乃超的《消沉的古伽蓝》与德彪西的前奏曲

音乐在文学中的渗透是古今中外文学史一个普遍的现象，一个综合运用各种音乐化技巧的典范例子，是冯乃超的《消沉的古伽蓝》。这首诗模仿了德彪西的钢琴前奏曲《沉没的教堂》，德彪西音乐的声音效果与形象，音乐所引生的体验、想象与情绪，甚至乐曲的乐句和节奏，都可以在诗中鲜明地感觉到。

中国的象征派诗人们，在法国象征派诗人、世界现代文学的音乐化潮流和西方音乐文化的影响下，热心追求诗歌中的音乐。以往的研究无不提及穆木天、王独清、冯乃超对音乐的宇宙观、思维方式和诗歌的音乐效果的探讨和追求，不过，人们注意到的穆木天等人的音乐性追求，往往都还是哲学、理论上的论述，他们作品中的"音乐"只是想象和隐喻性的，他们所实验的技巧也是绝大部分诗人都广泛使用的语言和文学形式的技巧。以往的研究还没有将象征派诗人的探索，与听觉的、声音的艺术——音乐所特有的原则、技巧、效果，以及具体的音乐作品，客观地联系起来。实际上，这些诗人们在创作中狂热地追求音乐时，他们的耳边确实回响着乐曲的声音，心中呈现着音乐的乐句，诗语中"实存"着具体的音乐作品的效果甚至曲谱。他们的音乐化技巧和形式来自客观实在的音乐，而并非通常所说的那种主观的、隐喻的、未经分析的陈陈相因的"音乐性"，诸如模糊的印象、情绪化的内容、跳跃性的结构、随意的类比，例如平仄声韵等语音技巧，在并不精通音乐的诗人那里，往往也被称为"音乐性"的技法，它们便与音乐并无实际的关系。

冯乃超喜爱音乐，在日本时，他和朋友们就常去咖啡店听音乐："（1925年到1926年大半年间）东京的一家音乐咖啡店，搜罗了很多西洋音乐的唱片，供来客欣赏。我们只爱到这家咖啡店。"①诗人对美学及绘画、音乐等各门艺术做过精深的研究，深入地把握了音乐艺术，在这方面有足够的修养和能力确保自己在创作中所模仿和表现的，的确存在客观具体的音乐。冯乃超曾教锡金怎样去听懂交响乐："应该先从它的纷繁复杂的音节中捉住它的主旋律，也就是它的主题，最好能记住它，然后就能够辨识和领会那些配合上去并衬托出来的伴奏的和声了。"他在音乐修养方面的深度，由此可见一斑。诗人对音乐美的精深分析，对音乐技法和形式的深有会心，自然也就渗透到了诗歌创作中，法国象征派的影响也使这种音乐化写作更加自觉。诗人在小说创作自述里说："怎能把文字化作绘画，化作音乐等，我有了许多技巧上的问题。"②他不像其他许多夸夸其谈、虚张声势的诗人，他们对音乐并没有深入的了解，所热衷于谈论的或所声称在创作中模仿的音乐，其实只是主观模糊的一些情绪和联想，他们只是被现代世界文学的音乐崇拜和神秘化潮流所裹挟而已。因此，对于比较文学对文学—音乐关系、文学的音乐化技巧的考察来说，冯乃超的诗作《消沉的古伽蓝》是一个突出的可靠范例。

这首作品与音乐的关系，也由诗人们自己进一步提供了实证线索，穆木天回忆道："那是从法国及路马路西格斯的告别音乐会演奏的 Debussy 的 *La Cathédrale engloutie*（《沉默的教堂》）中得的印象。我对于他的那首诗的印象

①冯乃超：《忆木天》，引自《穆木天诗选》，人民文学出版社1987年版，第2页。
②冯乃超：《〈抚恤〉·作者的话》，引自《冯乃超文集》（上卷），中山大学出版社1986年版，第209页。

音调——三部曲，第三曲尚未完成，在我看的时候——非常爱，我以为堪有纯粹诗歌（*La Poésie Pure*）的价值。"[①]自然，诗的标题《消沉的古伽蓝》也明确提示接受者，它是在模仿和表现德彪西的前奏曲《沉没的教堂》。诗的第一节如下：

（一）

树林的幽语

嗡嗡——

暮霭的氛氤

朦胧——

远寺的古塔

峙空——

沈潜的残照

暗红——

飘零的游心

哀痛——

片片的乡愁

晚钟——

此诗从单纯的听觉形象和效果上对德彪西音乐的模仿，与音乐专业人士对此曲的分析相比较，同样非常准确到位。诗歌共 3 节，每节都是 12 行，单行 5 个音节，双行 2 个音节加 1 个表回声、余音的破折号——各节都是这样的安排。尽

① 穆木天：《旅心》，上海书店出版社 1989 年版，第 120 页。

管诗人们通过诗歌各行的用词和音节的变化，也可以达到一定的"变奏"效果，但是单就外形来看，难道德彪西的前奏曲会是像诗人的诗形所表现的那样，是这样近乎僵化的不变的重复乐句吗？如果是像拉威尔的《波莱罗舞曲》之类的作品，那倒确实基本上是许多次的不变重复，仅仅在乐器、音色上有些变化。事实上，冯乃超的感觉是准确的，德彪西全曲的确类似引子主题的变奏，从音调到节奏都是如此。乐曲的第二个乐思（第 7—13 小节）和第一个乐思（第 1—4 小节）的关系很密切，到第 28—41 小节，第一个乐思变成了完整的主题，这个主题实际上和两个乐思都有联系。①冯乃超以句式、节奏模式不变但押韵的模式变化（反复出现的主要韵字类似于乐曲的和声调性和钢琴的共鸣音效果）的三节诗来模仿这个乐曲，在听觉感受上是很吻合原曲的。特别是作为乐曲主体的 B 段（第 14—27 小节）、C 段（第 28—41 小节）和 C1 段（第 72—83 小节），其节奏模式、主题发展和音响效果本来就基本上是重复或变奏的。尽管诗歌不可能完全复制音乐的节奏和音响效果，乐曲中有些精妙的效果和细微的变化是诗歌难以模仿的（如果那样的话，诗歌就变成了音乐原作，也就没有创作的必要了），但冯乃超此作已经在语言艺术所容许的范围内最大限度地逼近了音乐。

德彪西此曲是一首叙事性的前奏曲。乐曲的标题与一个古老的布列塔尼传说有关。根据这个传说，为了惩罚当地居民对神的亵渎，有一座大教堂在很多年前沉入了大海中；不过，在朝阳照耀下，海水平静的时候，教堂又会偶尔浮出水面来警告人们，此时人们听得到教堂中的钟声和赞美诗的合唱声，然后教堂再度沉入海底。乐曲所表现的海面的平静与薄雾，构成作品整体的基调，正如德彪西在开始时的注释："要非常平静，如柔软而又清晰的薄雾。"乐曲 A 段（第 7—13 小

---

① 德彪西前奏曲乐谱及音乐分析参考自钱仁康、钱亦平：《德彪西钢琴曲集》，上海音乐出版社 2000 年版，第 121-127 页；任达敏：《沉没的教堂——一幅生动的音画》，《钢琴艺术》，2001 年第 2 期。

节）音区跨 3 个八度，又没有填充以中间声部，再加上高音区的一个音数次单调地重复，因而更表现了朦胧飘忽之感。

中国的诗人便首先在整体基调上表现了乐曲的内涵，复现了乐曲所描写的意象：朦胧的薄雾、飘荡的钟声、肃穆的祈祷、深藏的古寺（教堂）。诗中色彩的朦胧、声响的缥缈、景象的衰颓、万物气息的恍惚迷离以及古寺在视野中短暂的突现，情绪的苍茫幽深，对时间、历史的流逝和人类的命运遭际的苍凉感悟等等，都与乐曲在声、画、情、意上交相呼应。

诗歌在节奏、音节以及相应的意象上，几乎与乐曲是一字对一音的奇妙对译。乐曲的引子（第 1—6 小节）描写朦胧的晨雾中从海底传来钟声。一系列空洞的四、五度和弦以微弱的音响连续上行，然后突然停顿，随后低声部奏出低沉的音响，仿佛海浪的涌动和钟声的袅袅余音。诗人便以这样的诗句对译："树林的幽语 / 嗡嗡—— / 暮霭的氛氲 / 朦胧——"

冯诗第 1 行五个音节可以配给乐曲第 1 小节，第 2 行两个音节加破折号可以配给第 2 小节，表现暮霭朦胧中林间幽语的袅袅回响。乐曲的节拍为 6/8，诗行的 5 个音节基本上模仿了连音线内平行四、五、八度的上行和弦的效果。诗歌第一节的第 1 至 4 行，摩擦较弱的舌面音 y 声母，晦暗的姑苏辙 u 韵调和着 ong 韵模仿钢琴的共鸣音，其声音效果与意象都呼应了德彪西前奏曲平静而迷蒙的引子。诗作以叠韵的后鼻音"嗡嗡——"与"朦胧——"来模仿乐曲中的钟声和回音，从声音和意象上都精确表现了音乐的效果，确是妙合无垠。

乐曲 A 段的旋律线开始暗示海浪的起伏，预示着教堂将要从海水中升起。B段（第 14—27 小节）通过重复和自由模进的手法发展引子中出现的第一个乐思，乐曲的音量逐渐加大，力度逐渐增强，钢琴的共鸣越来越强烈，描写了教堂在钟声中浮出，直到钟楼上混乱的泛音在整个空中发出嗡嗡声为止。[①]诗人的对译是："远寺的古塔／峙空——／沈潜的残照／暗红——／飘零的游心／哀痛——／片片的乡愁／晚钟——"诗情与乐情完美地谐奏着，诗意与乐象奇妙地互映着。诗歌这几行对应钢琴曲 B 段音乐的变化，也与前四行诗句在声音安排和意象、情绪上构成了对比，由弱趋强、由暗转亮。诗行较多地使用发音比较明确肯定、摩擦较强的双唇塞音 p、舌尖后塞擦音 zh，声母的发音方式和效果类似于乐曲中的演奏提示和表情术语：Augmentez progressivement（逐渐增强），p（弱）。再加上由言前辙 an 韵配合着 ong 韵形成比较明亮坚实的共鸣音，的确活现了 B 段明亮而有力的音乐所描绘的"远寺的古塔／峙空——"，诗歌的排比句式模仿乐曲效果的逐渐加强也是很成功的。由前引文可知，冯乃超能够老练地聆听和分析音乐作品的和声效果——"辨识和领会那些配合上去并衬托出来的伴奏的和声"，因而他会在诗作中表现出相应的"和声"技巧，将文字"化作音乐"。诗人对语言的声韵、音节的音乐效果，有着特殊的敏感："为什么这个音韵是这样的魅惑着我过去的灵魂？"[②]诗中响亮的中东辙韵字模仿了钢琴宏大的共鸣声。

第 1 节第 10 行的舌尖中送气塞音 t 声母，加上仄声的 ong 韵，第 11、12 行的诗形（词语排列的视觉效果）、意象，则基本上对应着乐曲的 B 段后半部分。第 12 行的舌尖后塞擦音 zh 加上 ong 韵，则描写自第 23 小节开始出现的钟声般的音型。重叠和复现的 p 声母，叠字构成的不断涌现的视觉形象，破折号画出的波浪形，意象所刻画的翻腾不息的空间和形象，情绪潮流的涌动，声韵节奏的模式，完全复现、唤来了钢琴那奔腾起伏的声浪和情思——音乐波状的线条和空间，诗歌创造的波形的艺术境界，人类心灵和情绪存在的波形节奏，三者和谐地共振，交融

---

① ［美］道斯：《德彪西的钢琴音乐》，克纹译，人民音乐出版社 1985 年版，第 57 页。
② 冯乃超：《故乡》，引自《冯乃超文集》（上卷），中山大学出版社 1986 年版，第 121 页。

为一体。人们可以承认德彪西的钢琴曲简直就是诗歌所表现出的那个样子，虽然并非一回事，但的确就是那种效果和感觉。在诗人的导聆下，德彪西此曲的 B 段让人看见了电影镜头般的"片片的乡愁"，听到了"晚钟"的袅袅余音。

诗歌第 2 节大致表现了乐曲 C 段（第 28—41 小节）、过渡句（第 42—46 小节）以及 A1 段（第 47—53 小节）的效果。

C 段的低音区是一个不断鸣响的 C 持续音，模仿钟楼上传来的撞击声。这段音乐使人好像听到教堂里正在演奏管风琴，之后是短小的过渡（第 42—46 小节），再次描写了远远传来的教堂钟声。这一段乐曲，诗人的对译大概是："消沉的情绪 / 苍苍——/ 天空的美丽 / 凄怆——/ 祷堂的幽寂 / 渺茫——/ 黄昏的气息 / 颓唐——/ 万籁的律动 / 衰亡——/ 消沉的古寺 / 深藏——"这里开始由 ong 韵转为更为洪亮的 ang 韵，拉长的 ang 韵模仿由第 28 小节开始的 C 持续音所表现的钟声的巨大轰鸣与深沉回响。

诗歌在描写的对象上虽与乐曲不能完全对应（本来也是无法完全对应的，因为音乐自身就没有明确的描写对象），但在声音和联想的效果上却切合由乐曲引生的听觉印象。一系列摩擦较强、发音肯定的塞擦音和擦音如 c、t、ch 等，明亮的 ang 韵，模仿了 C 段音乐所描写的意象："祷堂"中演奏着管风琴，却更衬托出心灵的"幽寂"，"深藏"在海底的"古寺"现在浮现在海面上了。

这一节的第 11、12 行："消沉的古寺 / 深藏——"，音、义、象、情结合，模仿乐曲过渡句中渐趋遥远的钟声。

乐曲的 C1 段（第 72—83 小节）重复了 C 段的旋律，C 段的 C 持续音变成了飘摇的琶音伴奏背景。[1]大教堂再度没入茫茫大海中，但伴随着波浪的起伏，人

---

[1] ［法］马塞尔·比奇：《德彪西 24 首钢琴前奏曲分析》（第 1 册），龚晓婷译，人民音乐出版社 2007 年版，第 22 页。

们还能听到从海底传来的圣咏的回声。乐曲最后重复了引子，海面上依稀可见教堂的影子，钟声的回音慢慢消失了。

诗歌的第三节大致模仿乐曲的 D 段、C1 段和尾声，与乐曲的变化相对应，诗歌在声音、意象和情绪上也做了相应的安排：由实转虚，由景到情，由明趋暗。这一节大多使用比第二节发音柔和暗淡的舌面摩擦音 j、q 以及人辰韵。因为乐曲的再现段与前段有所对比，歌声和钟声变为从海底传来，C 持续音也变成了琶音伴奏音型，所以诗人以人辰韵与前段的江阳韵进行对比，并以灰暗寂灭的心绪来表现音乐的情绪和氛围。人辰韵恰好模仿了乐曲 C1 段主题再现时的装饰持续音。

此节第 1 行"万古的飞翔""仄仄 + 平平"的组合，构成"↗"型的"旋律线"，力度和音色上则由弱、暗趋强、亮，意象开阔。乐曲从第 55 到 61 小节是短暂的激昂，由 pp（很弱）逐渐到 ff（很强）、旋律线上升，这行诗与之恰好相配。

第 5 行"无言的缄默"则正是乐曲第 63 到 70 小节由 p（弱）到 pp（很弱）、旋律线下降的效果。诗行"平平 + 仄（平）仄"的组合，构成"↘"型的"旋律线"，力度和音色抑郁、紧缩。像"飞翔""缄默"这样的文辞，其中"象征的音调能够直接辅益语辞的意义"[1]。富于音乐和声音敏感的诗人与初民的诗性思维相通，复活了语词源始的音义关联。

对音乐的崇尚和对音乐化文学思潮的熟悉，使得冯乃超在诗歌中乐此不疲地模仿音乐，把文字"化作音乐"，他的诗集中有层出不穷的"三部曲""回旋曲""变奏曲"。音乐化的写作到了几位象征派诗人这里，有时确实也有"滥调"之感，他们的诗中充斥着没完没了的音乐式的重复和变奏，特别是穆木天和王独清，冯乃超因为其充沛的诗情和可贵的分寸感，大体上还不至于使读者厌倦。

① 陈望道：《修辞学发凡》，复旦大学出版社 2008 年版，第 188 页。

虽然《消沉的古伽蓝》对音乐的模仿和表现取得了一些效果，在同类作品中算是很成功的了，但它在音乐性和文学审美两方面的成就仍都是有限的。就单纯的音响效果而言，它无法与音乐的确切、丰富、优美相比，绝大部分接受者不能从语音的听觉效果那里获得与音乐同等的美感，多亏借助于意象、情调以及对音乐原作的联想，才激活了一定的听觉形象和美感。事实上，如果没有音乐原作的存在，如果读者没有听过原曲，那么人们便无法知道这首诗是对一首钢琴前奏曲的模仿，诗人所苦心孤诣安排的大部分音乐化技巧便很难起到应有的作用了。正因为这样，诗人特意拟了一个与乐曲同名的标题以提醒、引导接受者。当然，诗歌的节奏、声韵、音节模式、音义组织、意象等，都有浓郁的音乐意味，即便脱离音乐原作，诗歌也能获得一定的独立的音乐形式和效果。但总的看来，诗歌的音乐化效果不能完全脱离文学的内容和语义，这种音乐效果也不能和音乐相提并论，以诗人所着力安排的奇特节奏为例，它既不如音乐的稳定，也不如音乐的灵活，即使有了技艺高超的朗诵者，其声音效果与音乐相比，仍显得机械单调。

另一方面，作为文学作品它的成就也不是很高，正如布朗、韦勒克等人对这类作品的批评。这类作品常常一心只管逼真地表现出具体的音乐作品的效果来，而忽略了诗歌本身独有的审美原则和要求，声音和音乐的美压倒了文学、语义的存在。当诗歌为了音乐而沦为类乎韵脚的拼凑和音节的堆砌的时候，文学的审美受到了损害，与此同时，这一堆声音和音乐也失去了它们所依存的本体而涣然四散——即使诗歌中充满了不依赖于内容的声音和音乐美，也将因过于脱离语义而导致偏枯、狭隘和空洞。文学的音乐化更离不开文学本身浓郁的诗情、充沛的内容和清新的意象，音乐化的文学形式没有了坚实精美的审美内容和情感，就好像有人企图听到神异的乐声，却没有一个歌手，也空无一件乐器。因此如果诗人脱离语义去追求单纯的语音的音乐美，在艺术上是舍本逐末，所得将远远不够偿还所失。

　　总之，文学当中单纯的语音的音乐美无法与音乐相比，而语音、语义和结构相结合的音乐化形式和效果则鲜明而又丰富，既能在一定程度上成功地模仿和暗示音乐，又能创获新鲜独特的文学风格和形式。音乐化的文学坚持和发扬文学自身的特性，不完全变成音乐，反能更趋近音乐，同时也能通过这种趋近增进文学的审美效果。因而诗人在追求音乐化效果和境界的时候，不宜舍文学之长技而在文学的难能为力之处过于耗尽心思。文学中的音乐与文学本身，总是合之则兼美，离之则两伤的。

第二节 文学文体边界的开放性：

鲁迅杂文艺术的独特个性

　　文本细读与跨学科比较研究，更能看出文学文体边界的开放性，任何社会文化艺术的因素都能融入文学，催生文学文体的新质素、新形态。鲁迅杂文是文学文体边界开放性最典型的现象之一。鲁迅自己有对于杂文文体的命名，当强调精神的自由不羁、对现实人生的即刻反应、体式文字的不拘一格时，他兼用杂感和杂文的提法。随感而发的"感"，不拘一格的"杂"，全以抒发自我、干预社会为满足——鲁迅杂文文体首要的特质正在于此，他全然不在意篇幅的短长，文学体裁的正宗与否。关于自己的杂文，鲁迅说："这里面所讲的……不过是，将我所遇到的，所想到的，所要说的，一任它怎样浅薄，怎样偏激，有时便都用笔写了下来。"[①]可见鲁迅杂文的神魂在即兴、随感，它是独立个体自由的表现，正是这种自由表现，使得杂文创作成为鲁迅整个人格和艺术生命存在的方式，其中浸润着鲁迅特有的艺术运思方式和语言趣味。

一、杂感中的《野草》

　　从艺术性的角度入手，鲁迅全部的杂文创作可以梳理出一个文艺性强弱程度

① 鲁迅：《鲁迅全集》（第3卷），人民文学出版社1981年版，第183页。

递次变化的体式系统。其中，具有鲜明独特的文艺性的体式居于中央，如《秋夜纪游》《夜颂》之类，堪称"杂感中的《野草》"。这些篇章通常以议论为全文的骨架或感兴的原点，兼融比兴式（象征主义）笔法，将外向干预的短评、恣意任心的抒情、勾魂摄魄的刻画，和幽深绵邈的笔致、随情起伏的节奏冶于一炉。这些可谓鲁迅杂感的"正宗"，因为即使是时评、评论里也常常饱含着的鲁迅特有的文艺趣味和写法，在这类文章中得到了比较典型的体现。正如《华盖集》中有一篇文章，是一组多有议论分子的散文诗，是更为精警跳荡的社会批评和文明批评，鲁迅便取名为《杂感》——或许这类文章才最能体现鲁迅本人对于"杂感"文体的把握。

这种散文诗体的杂感，文体特色比较鲜明的，再如《夜颂》：一是各种语言元素的自由生发："赤条条地裹在这无边际的黑絮似的大块里"，"自在暗中，看一切暗"，"高跟鞋的摩登女郎在马路边的电光灯下，阁阁的走得很起劲"——《庄子》、佛语与市声，随心像而生文。二是散文诗人主体观照和表现的自由奔放：犀利的心理分析、精练地刻绘各色灵魂，哲理沉思、悖论与观夜的诗人的抒情，交汇在其中，显现着主体观照、艺术情思与表现的渊深。三是更浓厚地表现出鲁迅特有的艺术思维和气质，如悖论：夜气转为佛光，白日实是更深重更谲诈的黑暗，等等，这是《野草》的延续，但更多社会历史方面的内涵。"人肉酱缸上的金盖"——最反动的社会结构、最腐朽的文明形态作为内容，却被赋予了金光灿灿、顶礼称颂的形式；对立的语义成分，在鲁迅的艺术思维中出人意料地组合起来。四是作为杂文中的散文诗体，特别是到了三十年代，自然以批判性、战斗性为其骨架。如《夜颂》，最彻底的社会批评尽在其中，其彻底不仅在对病态社会、虚伪文明否定的彻底性上，更在于洞晓黑暗的种种诡计多变，正视黑暗所拥有的甚至连光明都缺乏的力量——革新者必须"像热烈地拥抱着所爱一样，更热烈地拥抱着所憎"①。

这种散文诗体突出的特色还在于音节和句式的锤炼。《夜颂》中，重叠的双音节词与短句，间杂着舒展而又遒劲的长句，主题乐句"爱夜的人"复现数次，其间回荡着爱夜者独行的步履和浩茫热烈的心绪。与《野草》相比，社会批判和抗争的意向更为显豁，文章的韵律更为自然明朗，语音效果上没有那么浓的涩味。

鲁迅向来注意声音和句式的安排，例如《战士和苍蝇》中的对比："有缺点的战士终竟是战士，完美的苍蝇也终竟不过是苍蝇。"声调铿锵有力，句式对比分明，对革命领袖的爱戴，对小人的蔑视，跃然纸上。再如《热风·六十六·生命的路》中的排比："无论什么黑暗来防范思潮，什么悲惨来袭击社会，什么罪恶来褒渎人道，人类的渴仰完全的潜力，总是踏着这些铁蒺藜向前进。"人类整齐前行的队伍如在目前，奋力前进的足音如在耳边，对艰难曲折终又光明的文明史的体验，正外化在这声调、这画面中；前面三句以降调排比起来，极言革新者所遇到的阻碍，后面两句反转出以高扬的调子，宣告跨越障碍的信心，起伏抑扬，声情并茂。这样看来，鲁迅的杂文不单是用来阅读的，而且是声音的艺术：或冤愤问天，或疾呼大众，或忧惧沉吟。

然而，像《夜颂》这样的"美文"仍是"匕首和投枪"，而不是《野草》，因为这里的根本旨趣是社会批评、文明批评，以至政治批评，而《野草》的主体是有关个体哲学沉思的，更为内倾、跳荡，晦涩、犹疑。同样的悖论外形，"夜所给与的光明"，相较于"然而黑暗又会吞并我，然而光明又会使我消失"②，干预外在的战斗姿态、峭拔的讽刺性判断，相比无终极的信仰、游移不定的语气，显然更为干脆明朗。同是疾虚伪、憎善变，"写在耀眼的白纸上的超然，混然，恍

① 鲁迅：《鲁迅全集》（第 6 卷），人民文学出版社 1981 年版，第 326 页。
② 鲁迅：《鲁迅全集》（第 2 卷），人民文学出版社 1981 年版，第 165 页。

然，勃然，粲然的文章"，相较于"那些头上有各种旗帜，绣出各样好名称：慈善家，学者，文士……"，①联系各自的内外语境来看，前者更倾向于集团主义的战斗，后者则是绝望的抗战。

这是有着散文诗外形的杂感，综合了各种文艺的分子与深广的主体体验。在生命自由地观照一切，艺术情思的奔放迸发状态中，鲁迅杂文确可谓"观古今于须臾，抚四海于一瞬"。与《庄子》相较，鲁迅杂文风格上也许比较峻峭切实，而无其夸诞高蹈，但造语上的"无端崖之辞"，神思上的"汪洋恣肆"，生命存在的自由奔放，却是相似的。

除了上文详细分析的《夜颂》，大致看来，鲁迅杂文中近于散文诗体杂文的还有：《热风》中的随感录《三十六》《四十》《四十一》《四十九》《六十一·不满》《六十六·生命的路》；《准风月谈》中的《别一个窃火者》；《且介亭杂文》里的《拿破仑与隋那》。更成体一些的散文诗体杂文有：《华盖集》中的《为"俄国歌剧团"》，《战士和苍蝇》《杂感》《长城》；《华盖集续编》中《无花的蔷薇之二》的部分章节，集末的《校记》；《而已集》中的《〈尘影〉题辞》；《准风月谈》中的《秋夜纪游》。像《三闲集》中的《怎么写》那样包含着散文诗片段的，以及文体难于定性但类似散文诗写法的，就更多了。

二、比兴、象征的艺术运思与表现方式

中国古典文学里，青年鲁迅浸淫最深的即是比兴（象征主义）传统："诗歌方面他所喜爱的，楚辞之外是陶诗，唐朝有李长吉，温飞卿和李义山。"②这些诗歌艺术、古典文学传统与鲁迅杂文，在艺术情思和表现上的共同点在：好言彼事

① 鲁迅：《鲁迅全集》（第2卷），人民文学出版社1981年版，第214页。
② 周作人：《鲁迅的青年时代》，河北教育出版社2002年版，第44页。

以兴起兼隐喻此事，喜营造氛围以曲折暗示某种意蕴。有时氛围和情境与其所暗示的意蕴之间，在常识里可能并无关系，而以种种奇异遥深的关系联系起来。

关于这种"比兴"或象征主义笔法，我们可以看一个例子：《热风》的《题记》。鲁迅主要想说的是"五四"时革新运动的"流产"，然而开首两大段，说的似乎是毫不相干的事："五四"运动开始时，投机商人给报童穿童子军制服，很快穿破了再没人来给换新的。第一次穿时才是新的，而且还是出于不良商人的投机，然后是长年累月的破烂——这正是鲁迅以其特有的"旁观者""怀疑者"的眼光和深曲的艺术运思方式，对短命的五四革新思潮遥深曲折的隐喻式写照。中国抒情文学的基本手法——比兴，和域外象征主义新文艺，就这样融合起来。

再如《弄堂生意古今谈》，全文细描了上海街巷零食小吃的年渐萧条，乍一看，还以为是周作人式谈民俗吃食的随笔。文章看似与文坛毫不相干，其实却主要是隐喻讽刺海、京两派文坛日渐颓废没落的现状，"正如烟花女子，已经不能在弄堂里拉扯她的生意，只好涂脂抹粉，在夜里踅到马路上来了"[①]。《花边文学·零食》文意亦相同，但议论中夹杂描叙和比喻，和这种通篇从不做说明和提示的象征、暗示相比，就要显豁多了，可也少了诗意和余味；更值得注意的是，甚至也少了打击力。

此外，即使是《"友邦惊诧"论》这样典型的匕首投枪式的时评、政论，虽然有形象、富感情，但在文艺性的角度上，就算坚定地维护鲁迅杂文的文学属性的人们，也很难将它与小说、诗歌相提并论。然而就是这样的文体，其中也带有鲁迅特有的比兴的艺术要素。全文暗含着的浓烈的文艺兴味，正在"友邦人士"讽喻性的引用上，正在对"友邦人士"语义的偏离与反用上。全文就像一曲讽刺音乐作品，"友邦人士"的否定性主题乐句大致反复了六次，其主要的动机产生

① 鲁迅：《鲁迅全集》（第4卷），人民文学出版社1981年版，第576页。

于：言说主体对语义的揭示、颠覆和戏弄的不可遏止的冲动。

定居上海后，作为左翼中人的鲁迅，文学上的倾向性越加鲜明，开始视文学为革命斗争的利器。因此怀疑鲁迅后期杂文文学性或艺术成就的人不少，以为他常常陷入了私人意气之争，琐碎、刻薄而乏味。事实并非如此，鲁迅后期的文章，即使是时评、论战性杂文也仍旧富于艺术性，浸透着比兴意味。就以《准风月谈》中的《扑空》为例，文章看似纠缠于与施蛰存关于"《庄子》与《文选》""遗少"的"口水战"。其实，一则，以个人为时代动向的代表而展开社会批评，反对文化思想界的复古倒退，这都是很严肃的论争。二则，这样的杂文在艺术上仍富于鲁迅特有的趣味和笔法。施蛰存以猜测、描黑他人动机的方式来攻击鲁迅；因为别人没有推荐鲁迅的著作，所以鲁迅恼羞成怒；同时却又声称自己"不愿意论争"，以为那是演戏给人看，必须培植党羽才能成功。鲁迅称之为"辞退做'拳击手'，而先行拳击别人"，这画面已经够滑稽可笑了。又以"扑空"为题，隐喻施蛰存的"战法"和这次论争的情形：蓄势全力扑过去时，堂堂的对手却连影子都没有了，反而摇身一变，超然世外，远远地施嘲笑于"好战者""演戏者"——这使严肃的论战者感到何等之无聊！鲁迅以一个滑稽荒唐的场景"扑空"为隐喻笼罩全文，引人遐思，意趣浓郁。

我们可以做些简单的统计，来看比兴是否确为鲁迅杂文的基本笔法。比如《坟》，大概有20篇杂文，比较明显地使用比兴的就有9篇。其中有《说胡须》，以叙述者的胡须兴起对国人仇外实则惧外的心理分析；《看镜有感》，以古镜兴起并例证文艺革新；《春末闲谈》，兼用比兴，以细腰蜂的麻醉术兴起并隐喻愚民术；等等。其实，文集名"坟"也是一个隐喻，主要寄寓着"中间物"的体验。晚期杂文中比兴使用的情况，可以以《且介亭杂文》中39篇杂文来略作统计。其中明显使用比兴笔法的有《关于中国的两三件事》《儒术》等8篇。

三、文体的杂糅综合与议论批评性杂文的形象性

试梳理鲁迅杂文的体式系统，则在比兴体、散文诗体杂文这个中心的两边，一边是文艺性比较突出的，至其极点则有公认的文学体式，如《记念刘和珍君》等抒情散文之类；另一边是议论性、新闻性、实用性比较突出的，至其极点则有学术论文、应用文等，如《坟》中的《宋民间之所谓小说及其后来》。有时杂文的文体属性会因此而模糊不清，便只能视作杂辑各类文章的编年文集了。在比兴式杂文旁边，主要是批评时政与社会的杂感，占总体分量百分之六七十，文学意味或浓或淡；这是向来讨论鲁迅杂文时的主体对象。

鲁迅践行文明批评、社会批评以及时政批评的杂文，总是极富形象性。文体上，则依思绪和艺术观感的自由运行，任意驱遣各种文艺体式和手段，其中杂糅综合了小说、散文诗等笔法，简直是小说、散文诗写作的延伸。这或许由于材料"不整齐"，或许也由于情势所迫，作家来不及将思想从容熔铸在完整的形象和篇章里，而只求及时抒发，于是便顺手拿起杂文来鼓与呼。

通篇本是小说、散文诗的不论，上文论及的以象征主义笔法来暗示情思的也不论，单留心那些看似论文的篇什，便发现有许多小说、散文诗片断在其中。

（一）人物形象中寓褒贬

如《我之节烈观》谈卫道者的下流虚伪："所以君子固然相对慨叹，连杀人放火嫖妓骗钱以及一切鬼混的人，也都乘作恶余暇，摇着头说道，'他们人心日下了。'"这不就是一篇《高老夫子》，或者张天翼的《砥柱》吗？

再如，以浮肿者的讳疾来批评中国人的不敢正视现实："如果有人，当面指明：这非肥胖，而是浮肿，且并不'好'，病而已矣。那么，他就失望，含羞，于是成怒，骂指明者，以为昏妄。然而还想吓他，骗他，又希望他畏惧主人的愤

怒和骂詈，惴惴的再看一遍，细寻佳处，改口说这的确是肥胖。于是他得到安慰，高高兴兴，放心的浮肿着了。"①唠唠叨叨的声口，挖空心思的鬼祟，卓别林笑剧电影的节奏，果戈理式几乎无事的悲剧；说是杂文，实为小说。

（二）逸事世说中说道理

如《娜拉走后怎样》谈到不畏人言与"公意"的韧性抗争："拳匪乱后，天津的青皮，就是所谓无赖者很跋扈，譬如给人搬一件行李，他就要两元，对他说这行李小，他说要两元，对他说道路近，他说要两元，对他说不要搬了，他说也仍然要两元。"同样写韧性，在表现形式上，这里是夹在杂文中的民间逸事、笑话，而《野草·这样的战士》算是《查拉图斯特拉如是说》式的诗剧。

（三）言语动作描写中含批判

如：欲揭穿文化上保守复古者的虚怯，便以小说写对话的手段勾出其猥态："唯有衰病的，却总常想到害胃，伤身，特有许多禁条，许多避忌；还有一大套比较利害而终于不得要领的理由，例如吃固无妨，而不吃尤稳，食之或当有益，然究以不吃为宜云云之类。②"闻其声如见其人，因为鲁迅撷取了最能表现其个性和灵魂的言语。又如《准风月谈·推》："推得女人孩子都踉踉跄跄，跌倒了，他就从活人上踏过，跌死了，他就从死尸上踏过，走出外面，用舌头舐舐自己的厚嘴唇，什么也不觉得。""舐舐自己的厚嘴唇"，是讽刺小说里抓特征的描写手腕；弱肉强食社会里，经过历代逆向淘汰，"种子"尚能绵绵不绝者，正是这样的"强梁"和木然。

---

① 鲁迅：《鲁迅全集》第 6 卷，人民文学出版社 1981 年版，第 626 页。
② 鲁迅：《鲁迅全集》（第 1 卷），人民文学出版社 1981 年版，第 198 页。

四、设言造语的曲折与奇智

鲁迅本富文人气质、讽刺家天分，特喜曲折语和设言。其文总是妙想联翩，弯曲遥深，滑稽突梯。好用曲笔，旁敲侧击，这不单是黑暗时代说话的策略，更是鲁迅滑稽婉曲的个性、象征暗示的文学趣味的表现。鲁迅很少直述，而喜欢出之以"假设怎样，便如何如何"，不单是用在句子和句群上，而总是表现在段落和篇章里。可以看出，设言是鲁迅造语作文的基本方式之一，又常常与比兴等结合起来，形成曲折遥深的艺术风格。

比如，欲说人们常饰以漂亮的高调，着力回避艰难平凡的实干，其实只为维持现状和宝爱自己的蝇头小利，鲁迅便不惜绕到大老远道："譬如现在似的冬天，我们只有这一件棉袄，然而必须救助一个将要冻死的苦人，否则便须坐在菩提树下冥想普度一切人类的方法去。普度一切人类和救活一人，大小实在相去太远了，然而倘叫我挑选，我就立刻到菩提树下去坐着，因为免得脱下唯一的棉袄来冻杀自己。"[①]整篇《娜拉走后怎样》，便是一设言。

在活跃着的兴味淋漓的艺术思维里，设言和夸张、对比等常结合在一起运行。为说明自己并非极端片面地提倡女权，鲁迅说："但我并非说，女人应该和男人一样的拿枪，或者只给自己的孩子吸一只奶，而使男子去负担那一半。"[②]为说明只有宏大的体制和规模才有的表现力："假使我们将象缩小如猪，老虎缩小如鼠，怎么还会令人觉得原先那种气魄呢。"[③]为表现清末剪辫的革命者受社会压迫之苦：路人冷笑或恶骂，"如果一个没有鼻子的人在街上走，他还未必至于这么受苦"[④]。先是感之深切，接着出之以奇言妙语；于此可见文学家的机巧诡谲，往往

① 鲁迅：《鲁迅全集》（第 1 卷），人民文学出版社 1981 年版，第 161 页。
② 鲁迅：《鲁迅全集》（第 4 卷），人民文学出版社 1981 年版，第 598 页。
③ 鲁迅：《鲁迅全集》（第 4 卷），人民文学出版社 1981 年版，第 605 页。
④ 鲁迅：《鲁迅全集》（第 6 卷），人民文学出版社 1981 年版，第 188 页。

使读者色变。

鲁迅的艺术运思和表现的基本特点正在于此,语言上表现为设言和"曲说",篇章上则表现为"比兴"。他从不机械复制外在现实,从不做平白直接的表达,总是将各种形象、语言材料予以变形。读者不是漠然面对一个司空见惯的世界,做例行公事式的信息接收,常常是惊心于一个新鲜的世界,注目于许多被重新命名的事物;在鲁迅杂文里,习以为常的语言获得了新的关注,使读者对世界的感受被更新、"延迟"了。①

鲁迅是语言天才,常以语言的奇特组合,或看似玩语言游戏,达到耳目一新的效果:

常常更换原词的某个成分,创造"仿词":既有师范学堂,而中国的制造孩子的机器们,便委实该上"父范学堂",有许多还只得"编入初等第一年级"。②在这里,"父为子纲"受到了彻底颠覆,"父"的神圣性、不可置疑性陡然间消失了:原来,为父的资格都还是可疑的哩。

"仿词组":"有些忽然一天晚上自称突变过来的小资产阶级革命文学家,不久就又突变回去了。"③根据"突变过来",逆向仿造"突变回去";形成对偶节奏的词组,被分别嵌在一个升调的长句、一个降调的短句中,似乎感觉到有木偶一般的某种自动装置,察言观色、信誓旦旦而来,倏忽之间又换上了另一套行头拔腿就走,台上余音未消,道上余尘袅袅。读者在深感滑稽之余,彻悟到投机者变色之快;这种说法便比平常的表达要有力得多,给人思想上一个新奇深切的刺激。玩味于鲁迅的措辞,最终领会了他新奇的造语时,常常就像心上的一个重负终于卸去了,真有洗心涤肺之感,时雨祛暑之快。

① [苏联]维·什克洛夫斯基:《散文理论》,刘宗次译,百花洲文艺出版社 1994 年版,第 20 页。
② 鲁迅:《鲁迅全集》(第 1 卷),人民文学出版社 1981 年版,第 296 页。
③ 鲁迅:《鲁迅全集》(第 4 卷),人民文学出版社 1981 年版,第 299 页。

仿"言语"："现在的广东，是非革命文学不能算作文学的，是非'打打打，杀杀杀，革革革，命命命'，不能算作革命文学的。"[1]"打打打"，模拟革命投机者与革命屠杀者的声口与作态，他们伪装成革命者杀人、排挤人，便非得这样不可：慷慨激昂、振臂高呼，实际上却是声嘶力竭、穷凶极恶。

在鲁迅的杂文里，思维、事物和语言都挣脱了常规对它们的束缚，几乎无所不能，世界由此打开了它新的一面。

总之，鲁迅创造出了一种富于独特文学性的白话议论文体。他的杂文反映了人类思维方式的复杂性，形象思维和逻辑思维在他的诗性智慧中打通了。观点、事实，历史、自我，一切都在一种生气灌注的语境中以出乎意料的直觉式方式联结起来，富于奇智和美感。他创造了一种崭新的艺术话语系统，既能有力地干预外在世界，又能意蕴深长地暗示内在情思。

---

① 鲁迅：《鲁迅全集》（第 7 卷），人民文学出版社 1981 年版，第 117 页。

第三节 大众文化与文学：

当代小说写作的娱乐化倾向

通俗文学本是现代文学的重要一极，鸳鸯蝴蝶派凭借庞大的读者市场与新文学分庭抗礼，张恨水在读者大众中的影响不下于鲁迅，而左联、解放区、新中国文学都以大众化为目标，欲求群众的喜闻乐见。20 世纪 90 年代至今，通俗纪实文学、武侠小说、言情小说以及各种类型的网络小说占据着广大的读者市场。

然而，严肃小说写作最大的威胁并非来自外部，其危机源自内部阵营的分崩离析，源自严肃文学精神的日益萎缩，叙事创造力、审美感受力、精神坚韧性的日益委顿。本来通俗文学自去占有大众，严肃文学尽管独自前行，两者可以多元共存。但有一批作家在精神立场上自我取消，告别崇高，殊不知伪崇高当唾弃，真崇高却值得追寻，取消对真崇高、真精神的探寻，便摧毁了严肃文学自身根基。继过去时代的知识分子自我批判的，是当代知识界精神立场的自我取消，历代士大夫的清议传统、"五四"志士的启蒙主义失落了，现代文人的直面现实、社会担当意识被解构无余。严肃文学自动清空领地，让位给市场与娱乐产业。

其实，小说具有娱乐性本是无可非议的，小说本源于娱乐。古代小说源于民间的口头创作，所谓"街谈巷语""道听途说"，正是为了消遣取乐，话本小说就是为了满足市民的娱乐需求。鲁迅说了，小说"是起于休息的"，人"到休息时，亦必要寻一种事情以消遣闲暇。这种事情，就是彼此谈论故事，而这谈论故事，正就是小说的起源"，小说"主在娱心，而杂以惩劝"①。自然，"娱心"绝不同于生理的满足、欲望的放纵、权力的恣睢，人的生命具有完整性，是身与心、感性与理性、个体与社会、快感与道德、自然与文明、物质与精神的适度统一。

　　然而，现代文学中一直存在娱乐性与严肃性的对立、分离倾向。中国优秀的古典小说娱乐、惩劝并重，但新文学的倡导者却轻视、敌视通俗文学，否定文艺的娱乐功能，主张文艺不是"高兴时的游戏或失意时的消遣"②。当然，这也是新文学家的某种市场定位，他们企图以"严肃"、社会价值为"招牌"来排斥、压抑旧小说和大众文艺。到了二十世纪三四十年代，因为政治和商业的多重因素，文学家开始倡导文学的大众化，但这种大众化反过来压倒了启蒙，工农兵化取消了知识分子的自我意识和批判立场，一味强调文学为政治服务、为工农兵服务。在小说写作的大众化潮流里，有些作家为取悦读者，损害了文学的现代性、启蒙性，常常向旧道德、旧文学妥协，如思想上男权主义沉渣泛起，叙事上各种模式陈陈相因。小说需要严肃地对待社会与人生，但又要有娱乐性，两者的紧张关系在中国现代文学里一直没有得到适当的调和，不是严肃排斥了娱乐，就是娱乐淹没了严肃。有少数作家能将严肃和娱乐适当结合，如张爱玲、钱锺书、赵树理、金庸，但张爱玲、钱锺书的市场较窄，赵树理、金庸的严肃性难以承受苛刻的挑剔，现代小说的严肃性与娱乐性难得有完美的结合。

　　小说娱乐性的困境有时源于其含义解说失当，有时太泛，有时太窄。读小说令人身心愉快、精神自由，这即是其娱乐性。严肃小说家有时将娱乐性看得过窄，其实严肃地看待社会人世，深沉地思考宇宙人生，足以"娱心"，正是一种愉快

---

① 鲁迅：《中国小说史略》，浙江文艺出版社 2000 年版，第 84 页。
② 钟叔河：《周作人文类编》（第三册），湖南文艺出版社 1998 年版，第 50 页。

和解脱，通俗小说中缺少了这种严肃的思考和艺术安排，也不可能给读者持续提供快乐。大众小说家有时将娱乐性看得太泛，感官的刺激、白日梦式的幻想其实不是娱乐，而是人生的消耗、负累和虚无，读这类小说不能寻乐，简直是速死之道。古典小说传奇志怪，离奇的故事、奇特的人物、奇异的环境、荒唐的世相，都能娱心骋目；现代小说，探索潜在心理的秘密、沉思宇宙人生的本相、玩味语言能指的游戏，惊心动魄，也能给人极大的快乐。卡夫卡小说对人的孤独与异化境遇的烛照、对现实的陌生化变形呈现、心灵与哲思的妙悟，常导人到精神愉悦的极致。然而，一些当代小说若既没有外在世界的历险，又没有内在世界的探索，只有类型化的官场、情场、商场、赌场故事，只有欲望的泛滥、意义的坍塌与人造的偶像、审丑的堆砌，如此必定不能深刻地满足现代人的精神消费，有悖小说原本的娱乐定位。

当下的类型化网络小说为了满足网民的娱乐需求，迎合网民的白日梦，通常具有固定的故事结构、相应的受众群体和确定的阅读期待。网民的阅读通常快速浮泛，因此网络小说的结构和描写高度程式化，以便读者快速进入白日梦。但是网络小说的类型化和严肃小说的独创性并不是毫不相关的，在两者之间存在许多过渡形态。高度的类型化很可能导致雷同，也会遭到网民的拒绝，网络小说必须具备不同程度的独创性才能受到读者的欢迎。白日梦的内容是相同的，但白日梦的形式和细节必须不同。网民固然乐于沉浸在白日梦中，但并非所有的网络读者都沉溺于幼稚低级的幻想，在做着白日梦的同时，能够观照社会人生与自我，当更为部分网民所认可。所有的白日梦都与现实社会、文化传承和个人生命有着特殊深入的联系，只是为了造梦、娱乐、点击率而写作的网络小说，如果同时具有了深度、独创性，便有可能成功为雅俗共赏之作。

当代小说创作之弊不在追求娱乐性，而在泛娱乐化。泛娱乐化之弊在其非真娱乐：

一、当代消费社会中小说娱乐性的片面化与单向度特征

人类的娱乐总是与其他生活结合在一起，没有孤立的为娱乐而娱乐，与人类生存不相违背并有所裨益的娱乐才有意义，正如亚里士多德所说："总不宜以游嬉消遣我们的闲暇。如果这样，则'游嬉'将成为人生的目的（宗旨）。这是不可能的。游嬉在人生中的作用实际上都同勤劳相关联。"①而在当代小说里人生的整体性往往被割裂了，生物性完全支配了人物，从王安忆、刘恒到苏童、刘震云，小说家们突出遗传因素和生物本能，人失去了主体性，成了命运、欲望和快感的奴隶。邱华栋的《公关人》《时装人》《钟表人》中的人物都是平面化、符号化的。在少数优秀小说家如刘震云那里，对生物性的描写包含着深刻的反讽。但在更多的小说里，一切希望和积极的感情都丧失了，人彻底屈从于碎屑的、兽性的现实。在苏童的小说里，多的是这位小说市场设计师娴熟摆弄出来的噱头，诸如伤感泛黄的怀旧、对传统的肤浅留恋、诱惑人心的堕落女人、惊悚的黑帮传说和鬼故事、离奇不经的寻宝之类，但其中甚少真正的创造性、思想性、艺术性。这些设计能给读者短暂的娱乐，但与现实人生缺乏血肉关联。

有些作家声称"在写作中最大的快乐就是重新发现自己的感官，通过感官发现语词"②，片面强调感官，忽视理性、社会性。女性"下半身写作"常常并没有发现女性独立的自我，相反仍然是男权文化的回声和文化市场的玩偶。单向度夸大膨胀感官感受，在莫言、张炜等人那里就已达到极致。在较好的例子中，感性体验得以解放，营造出诗意的境界，但更多的是因为缺乏现实人生的历练、构

---

① ［希腊］亚里士多德：《政治学》，吴寿彭译，商务印书馆1996年版，第410页。
② 林白：《在写作中发现自己的感官》，《像鬼一样迷人》，陕西师范大学出版社1998年版，第234页。

设情节的能力和语言表现的控制力,所以只能任由感官感受肆意奔窜,废话堆砌。缺乏鉴别、升华和反思的想象、感官感受往往泥沙俱下、不堪入目。

参考娱乐业的造星模式,出版商打造出某些偶像作家,红极一时,但文学终究不是娱乐业,明星作家最终必须创作出高质量的作品来才能真正立足于文学界。出版资本与大众传媒合作捧红小说家,其作品往往也能畅销热播。韩寒《1988:我想和这个世界谈谈》首印量即高达 70 万册,出版后四个月就获评《亚洲周刊》所谓"十大小说"。然而小说中每个人的讲话都像韩寒,细节描写苍白不实,一般读者无法卒读,就连作者的粉丝也无法进入真正的阅读过程。韩寒另一部小说《像少年啦飞驰》甚至被誉为力作,但其情节是模式化的:对他人的完美女友的幻想;在乱世中寻找一个特别的女人。小说迎合青春期读者的幻想,只能说是文字游戏,作者缺乏架构长篇小说情节的能力甚至意识。

像韩寒这类小说家,从娱乐业经营的角度来看的确是成功的,出版团队进行商业包装,安排媒体炒作,获得大批粉丝的追捧。但粉丝追捧的是偶像,而不是其作品。韩寒这种青春偶像集合了多种青少年流行白日梦的因素:年少成名、少年神童、差生对教育体系的神奇胜利、多才多艺的天才、社会批判者等。受众消费的是他们自己投射在偶像符号中的象征意义,出版团队在包装炒作时迎合的也正是受众的白日梦。

文艺娱乐市场打造的作品与整个娱乐经济关系密切,有些作品当中植入了类似热播电视剧中的嵌入式广告,如卫慧的《上海宝贝》堪称时尚品牌指南。郭敬明与韩寒都被进行了时尚包装,韩寒便是时尚的赛车手,偶像作家也与综艺娱乐节目及影视明星密切合作,如此便带动了整个娱乐产业链的发展。

二、当代小说创作泛娱乐化潮流的巨大吞噬力

文艺的娱乐性本来不是纯生理感官的，更属于心灵。但在消费社会里，一切都沦为了消费的对象，"深度"和"意义"丧失了[1]，启蒙文化被消解，取而代之的是语言游戏和符号狂欢。特立独行的小说家王小波也被大众传媒和文艺市场塑造为文化英雄，被"偶像化"，在流行文化中被消费。娱乐文艺能吞噬、消解、转换其他文化产品，精英文化、意识形态文化被娱乐产业转换为笑料和玩物，如：表现作者心灵痛苦的《废都》被消解为作家的乱性私生活，看透了人生悲喜剧的张爱玲被玩弄空虚游戏的都市白领当作偶像，作家靠其美男、美女身份来赢得市场，苦大仇深、解放人类的革命叙述被游戏化为"红色经典"。《潜伏》中置换进去的是职场生存、办公室政治的潜规则。大众传媒和娱乐文艺窥视政治的禁忌和私密，官场黑幕的小说类型满足了大众对权力的窥伺心理。

张炜的《能不忆蜀葵》批判当代消费社会，张扬理想主义。然而这种对消费社会的批判其自身也被消费了，它沦为了消费社会的一幕戏剧，小说激越的理想主义、夸饰荒诞的描写成了消费社会里某种叫卖的姿态。张炜向来短于情节虚构和细节编织，以至无法架构起一部结实饱满的鸿篇巨制，人物理念化，细节经不起推敲，这深刻地暴露了一个理想主义作家在消费社会的浮躁和焦虑，这是更具讽刺性和悲剧性的。面对消费社会，作家徒留抗议的姿态，缺乏足够的心灵力量去抗衡。

三、当代小说写作娱乐化的非现实性

由于西方结构主义和后结构主义思潮的影响，当代一些学者视"现实"的客

---

[1] 王岳川、尚水：《后现代主义文化与美学》，北京大学出版社1992年版，第103页。

观性为子虚乌有，认为任何"现实"都必须借助于语言符号才能得以显现，只能以文本的形式存在。事实上，符号和文本具有一定的现实性，但人们安心于借现实的符号性来逃避现实，却放弃了善用符号来直面现实、掌控现实。北村的《陈守存冗长的一天》企图消解时间与历史，小说的叙述总是返回到"一声枪响"这一点上来，因而现实的线性时间被消解了。在这里小说写作成了文字游戏，一种肤浅、自恋的文字游戏。单是怀疑真实是容易的，满足于这种怀疑是轻率、浅薄的，在怀疑的同时能审视这种怀疑并逼近真实才更有意义。王朔《玩的就是心跳》暴露了所谓后现代小说的"娱乐"本质。在这里和通常的先锋小说一样，真相被悬置了，主人公无法回忆起任何可靠的东西，他所追寻的女人身份不确定，他自己的身份也不确定。正如巴赫金所说的狂欢：尊卑、善恶、神圣和低俗，一切都颠倒过来了，一切都不确定了。①又像古老的《庄子》和《红楼梦》：真假、好了、彼此不分，一切都是游戏。但是这种情节的取消、废话的堆砌，只是止于表明意义的匮乏。

就娱乐的精神自由的含义来看，当代小说的娱乐性不是过度了，而是不够。对现实的坚守和探寻、对社会人生的思索和关怀，才有真正的精神自由与快乐。就娱乐的身心愉快的含义来看，当代小说的娱乐性也不够，当代小说多的是感官的刺激、欲望的放纵、空洞的游戏，这只是人生的负累与虚无。

---

① 钱中文：《巴赫金全集》（第6卷），晓河等译，河北教育出版社1998年版，第13页。

第四节 西方影视与中国网络小说：

老龄精神危机母题比较

在现代西方社会，随着尼采高呼"上帝死了"，弗洛伊德指出潜意识支配意识，存在主义指出人生的荒诞本质，以及两次世界大战的爆发，人类的"精神危机"成为现代影视及其他艺术深切关注的主题。[1]自 20 世纪 80 年代以来，西方这一思潮也影响到中国文艺、思想界，国内作家创作对人类精神危机主题做出了强烈的回应，部分思想敏锐的网络文学作者也深刻触及了这一主题。老龄人群遭遇重重考验：身体的衰老、时间的无情流逝、疾病的折磨、死亡的恐惧、生命价值的困惑[2]，这使得许多西方老龄影视作品和少数中国网络老龄文学文本深刻探寻人类的精神危机与归宿。

一、中国网络文学中的老龄精神危机母题

中国网络文学中的老龄叙事呈现多元化的价值取向，有些仍然持传统伦理道德立场，有些则倾向于西方现代个人主义价值。《茅山宗师》中的老年人形象是传统的智慧、慈爱老人，他们在精神、智慧上教导、意志上支撑年轻人，年轻人

---

[1] 陈燊：《西方现代派文学和现代资产阶级精神危机》，《文艺理论与批评》，1987 年第 4 期。
[2] 许淑莲等：《老年心理学》，科学出版社 1987 年版，第 189 页。

在老者的关爱、指导下成长起来，但有时候作品表达了过多的对于老人的崇拜和依赖。小说当中饱含着对老年人的爱戴、感恩与依恋，传统的亲情和现代的人道主义感情甚至压倒了党派、利害之争，即便坏人已经暴露，年轻人还是割舍不了对方的慈爱和对他的爱护，而坏老头被正派灭掉的最后时刻，也仍然出手救了反戈一击的弟子。《亡灵之眼》同样充满了对老年智慧的敬畏与崇拜。《老身聊发少年狂》中女主穿越成了老奶奶，将主要的情感寄托在对孙子的关爱、培养上，与西方老龄影视中不少见的忘年恋、祖孙恋大异其趣，中国文本满足的是伦理亲情。《不灭传说》也承续着传统文化对老年、死亡的浪漫幻想观念，其中的主角实际上等同于长生不死，不断复活，放纵欲望，拥有老年人的智慧，而逃避了衰老与死亡。

有些网络小说从不同的叙述立场应对老龄精神危机。《佞》表现了面对衰老和死亡时虚无堕落的取向。知县易赢是个五十多岁的"糟老头"，他丧失了价值立场和人格操守，贪赃枉法、无所不为，他因为人一旦死去就化为空虚，所以无所顾忌。《长生不死》则企图依靠功利与神仙信仰来逃避老龄精神危机，主角以超能力创建庞大家业，又收养一百多个义子，送他们去修仙，求取长生不老之药。承续古代神仙小说类型的网络小说，往往都是以修仙长生的方式来逃避老龄危机。《修真门派掌门路》则以不断进取的姿态强调老有所为，齐休成了一位超凡入圣的睿智老者，门派在他手中发展、壮大。

网络老龄叙事文本有时表现出特别复杂的一面。与西方重个体相比，中国的作者重家族和伦理，然而重个体的西方文本往往最终回归亲情和家庭，以之为生命的慰藉，而重家族和伦理的中国文本最后常常是在家庭、亲人牺牲后才证成最高的道德。《魔神仙》中主角超凡成魔源于他失去了世界上唯一的亲人。网络文学的粗糙描写，又往往暴露出成圣证道是虚，为保命舍弃亲人是实，更为鄙俗者则是打着至诚修道的旗号，满足的是撇下糟糠之妻升天与仙女厮守的幻想，这不能不说是民族文化传统和当下群体心理当中处理老龄精神危机时的逆流和病症。

少数优秀的作者则发扬了清醒的理性精神，对中国老龄群体和文化做了深刻的描写，高满堂的《老农民》是其中翘楚。《老农民》充分表现了中国老人理性、坚韧的一面，破除了教条的政治及道德观念对人的束缚，将传统的家庭情感与价值、现代的集体主义信念和新时代的个体独立理性结合起来。老人不只是慈爱、奉献、克己，老人更有自己的智慧、理性、领导才能，这样的老人才真能死而无悔、死而无憾。

二、西方现代老龄精神危机的彻底爆发

（一）传统文化的解体及家庭、亲情的异化

西方现代社会里传统文化和道德遭遇冲击，老年人逐渐失去传统文化和道德对人性和情感的守护，这加剧了老龄精神危机的爆发。《青山翠谷》（1941）中，保守的父亲作为家庭的权威，不能带领儿子应付社会的变化，最终儿子为了生存叛逆了父亲和传统。父母所遵守的传统也崩溃了，人们充满了恶意，老两口虽然正直善良，却成了邻人诽谤讥笑的对象，不敢抬头见人。《莫罗米特一家》（1987）中，父亲坚守土地的生活方式和观念不再适应现实，家庭分崩离析，儿子们偷走了马，各奔前程。父亲也卖掉了土地，离开了家，但他陷入迷茫，不知往哪里去。[1]

许多老龄影视作品呼应现代的批判、怀疑思潮，犀利地揭示了家庭与亲情本身的虚无。[2]一些影片血淋淋地直指血缘亲情的虚无。在《普通人》（1980）中，亲情、母爱并不是不可改变的永恒必然的天性，母爱也会泯灭，自我中心、认知

---

[1] ［意］鲁格·肇嘉：《父性》，张敏、王锦霞、米卫文译，世界图书北京出版公司2015年版，第4页。
[2] 潘允康：《现代家庭生活方式》，天津人民出版社1989年版，第2页。

障碍与情绪偏执不可理喻地压倒母爱。[①]母亲刻板固执，刻意维持、表演家人、家庭、自我的健康、正常、成功的外在假象，她对患心理疾病的儿子没有关爱，正如《深锁春光一院愁》中的儿女，他们关心和恐惧的是周围人的评价，他们唯恐脱离社会流行的模式。因为大儿子健康、优秀、成功，她不可自控地、病态地沉浸在对已逝大儿子的怀念中，完全感觉不到小儿子的存在，连和他合照都本能地拒绝。实际上她也不爱大儿子，大儿子死了，他们去参加葬礼，作为母亲她关心的却是"穿什么鞋子比较好"。她失去了爱的能力，她也并没有自我，她追随着外部的概念，让这些外部概念暂时填充自我。亲情的虚无，实际上意味着现代人类社会生活的弊病，所谓正常，即是压抑自我个性，适应社会流行的模式。《闪亮的风采》（1996）中的父亲则视儿子为赢得成功的工具。

亲情常常徒具形式，其本质已变质或沦为虚无。[②]《梦之安魂曲》（2000）里的亲情只是陷于孤独、空虚绝境的人最后的虚假的依靠。老母亲对孩子的溺爱，实际上是一种依赖，她自己空虚无聊、缺乏自控，与糖果、高热量美食、电视广告节目为伴，离不开对儿子的情感依赖。母子俩都吸毒，但首先他们受最厉害的毒品的毒害——精神的空虚失控，所以才被毒品乘虚而入。老人依赖儿子，需要儿子，然而她与儿子在精神上完全隔膜，儿子来看望她，她同样空虚痛苦，因为母子俩精神上已经无法沟通。儿子看到母亲落到与他同样身染毒瘾的绝境，也无比痛苦，因为母亲是他人世间的情感依靠，母亲染毒瘾意味着人世间再也没有可以正常想念他、关心他的人了，他也就无处可以逃避，必须直接面对绝望、空虚的困境了。《死期将至》（2007）中的亲人与老人也是完全隔膜的。

现代老龄影视作品常常揭示一些婚姻、家庭的组成是由于欺骗、软弱、凑合，

① 柳鸣九：《人性的观照：世界小说名篇中的情态与性态》，复旦大学出版社 2008 年版，第 230 页。
② ［美］罗斯·埃什尔曼：《家庭导论》，潘允康等译，中国社会科学出版社 1991 年版，第 593 页。

压抑自我，自欺欺人，向邻人和社会表明有一个正常的婚姻、家庭，塑造自己符合主流社会观念的形象，如《男人、爱人和母亲》（2013）中父母与姐姐的婚姻都是如此。《45 周年》（2015）更为可怕，终老一生的夫妻其实心里并不属于对方，他的妻子只是前恋人的影子与替代，他们的婚姻的实质是：丈夫欺骗、陷害妻子 45 年！

（二）个人主义价值的坍塌

个人主义价值曾是西方人信仰的根基，但在现代老年人的精神世界里，个人主义价值也坍塌了。[①]

《公民凯恩》（1941）揭示了个人主义价值的空虚。凯恩老年时事业失败，人生失意，从巅峰坠入谷底。他是最重要的新闻人物，人们熟悉他的传奇生涯，但是没人真正知道他。他拥有巨大财富与权力，但他只爱自己，实际上一辈子一无所有。《日落大道》（1950）中赢得辉煌成就的个人到了老年空虚崩溃。老年失去了事业，失去了习惯的被人包围的忙碌与荣耀，只剩下老年的孤独。对孤独、被抛弃与遗忘的恐惧和逃避，导致有些老年人心理失常，他们通过霸占年轻人的感情、爱情和人身来逃避时间和社会的无情变迁，制造一个摆脱现实时间轨道的封闭空间，让自己龟缩在幻想的往日荣光中。

个人主义价值的坍塌，源于个人主义价值的内在冲突。《老人与猫》（1974）中老人的痛苦是独立个性带来的孤独与冲突，他独立的个性使他不容易与朋友和家人共处，只能与一只猫为伴。儿子接他去家里住，但他看到媳妇因为他的存在"要发疯"，每一秒"她都如坐针毡"。女儿对老父亲说，"我不喜欢你可是爱你"，虽然他们彼此相爱，但无法长期共处同一个家中。个人主义价值导致人与人之间

---

① 杨明、张伟：《个人主义：西方文化的核心价值观》，《南京社会科学》，2007 年第 4 期。

的伤害,《野草莓》(1957)中的老人为社会做了很多贡献,他的人生看来是成功的,但他在商业思维、个人主义价值、欲望、意志、憎恨、复仇冲动的支配下,伤害了他人。他逼着儿子偿还欠债,逼得他们成为生活的奴隶,他对儿子的婚姻痛苦毫无同情,但他又不愿意人们憎恨他。他只是要让自私残忍披上道德规则的外衣。老年的他发现人不管憎恨还是宽容他人,其实都只爱自己的道德而不爱他人。

(三)人生意义的虚无与绝望

在众多西方现代老龄影视作品里,人到老年最后面对的是人生的虚无与归宿的绝望。[①]

一些影视作品表现外部世界的无情,如《残花泪》(1919)、《贪婪》(1924)、《毒药和老妇》(1944)、《风烛泪》(1952),政府、社会、邻人、亲人均无情。更多作品则表现主体内在的、自觉的虚无。《养蜂人》(1986)中老人的女儿出嫁了,她有自己的人生轨迹;儿子、妻子各赴前程;当年阳光明媚,与好友无话不谈,现在大家重疾缠身,不能自主,马上就要化为虚空;竞争爱情的青春时代逝去了,现在对女性青春美丽的身体失去了反应能力。老人带着对美好生命的眷恋,在一切逝去、不可停留、生命变得空虚时,结束了自己的生命。《为戴西小姐开车》(1990)中最深刻、最痛苦的是老年人面对死亡时所产生的人生空虚感。随着死亡的来临,人一生所经历的一切,所有的记忆,都将不再是现实,人曾经的存在和悲喜、执着都成了虚空。《永恒的一天》(1998)中的老人无处可归,正如他的狗找不到一个人收养,大家都是被遗弃的人。

不管社会物质文明是否发达,老人都遭遇到意义的虚无。物质文明落后的社会里,如《旧世界群像》(1972)中的老人只剩下最低级的生物本能,就像被切

---

① 杨丽婷:《虚无主义的审美救赎——阿多诺的启示》,社会科学文献出版社 2015 年版,第 9 页。

断的蚯蚓、被砍断的茅草，仍然维持着最基本的生命代谢活动。老人们到了人生的尽头，不知道人生最珍贵的是什么，他们找不到人生的意义，就只守着人身体的存在，只求活着与健康。物质文明发达的社会里，如《关于施密特》（2002）中，老人同样无处可归、人生空虚。通常老人可以慰藉自己的是友谊、家庭、有意义的职业生涯，然而施密特发现自己无一成功。他软弱、屈从、无个性，职业生涯平庸，家庭无聊烦恼，老妻对他只是习惯了的无意义的强迫、束缚与冲突，还有他的天才宝贝女儿，最终嫁给一个疯狂家庭中的弱智男子，其实和他自己一样，浅薄虚荣、没有头脑。生命软弱、空虚的老人即算得知妻子的婚外情，也仍然活在妻子的影子下，祈求她的宽恕、认可与爱，重新获得她的陪伴与守护，他才感觉有信心与活力。老人面对人生的虚无，生命很快消逝，很快他就好像从来没有存在过一样，他的存在没有任何意义，没有人真正需要他。《乐队来访》（2007）以荒诞形式隐喻老人的虚无人生。团长以乐团及社会地位、拥有一点体制内权力为人生成就，但实际上只是毫无意义地到处流浪，永远流浪在路上，找不到目标、方向，在官僚主义庞大的机器里，他们身份不明。

三、西方现代老龄精神危机的出路：信仰与理性

（一）理性的审视与信仰的承担

西方现代人冷峻的理性使老人直面死亡给人带来的意义危机，并寻求承担意义困境的精神信念和社会支持。[①]

《相约星期二》（1999）揭示了生命存在的真实状态，死亡激发对生命的信

---

① ［英］波普尔：《通过知识获得解放——关于哲学历史与艺术的讲演和论文集》，范景中等译，中国美术学院出版社 2014 年版，第 181 页。

仰。老人会为自己的衰老与病痛感到沮丧与痛苦、恐惧，但生命最终会超脱并笑对现实，超脱并非逃避或自欺，老人需要直面死亡及痛苦。向死而生的智慧提醒我们每天应当问自己：我准备好去死了吗？我是在过自己想要的生活吗？我们随时都有可能死去，这种意识令我们拥有理性、真实的自我与生活，不会忘记什么才是自己真正想要的东西，学会了死，才学会了活。我们如何克服死亡？死亡是物理的事实，我们能相信感情、爱、记忆是永恒的，永恒的精神的生命弥补短暂的肉体的生命。

正是西方文化这种对人的精神的信仰支持着现代精神危机侵蚀下的老人。

《老人与海》（1958）中，自然对老人很残酷，但他并没有被打倒，他意志坚强、精神饱满地走向衰老和失败。他孤身一人，但继承他劳动技巧、智慧和意志的孩子陪伴着他，传承他的生命和意志使之变为永恒。《我心不老》（2007）表明人会老，但人心可以永远不老。人病倒了，死亡降临了，心仍然在歌唱、呐喊。人会倒下，但生命、尊严、快乐永远不倒。他们信仰生命能够战胜死亡，人的生命、热情、歌声是永恒的。

人生短暂的理性意识和精神永恒的信仰，带来了老人们开放乐观的心态。首先是文化观念上的多元开放带来生命的自由宽容与常新。《老人与小孩》（1967）中老年人充满了爱，对世界保持着善意与祝福，他们是开放多元的，仍然能够接受与理解陌生、异端的文化。《世上最快的印第安摩托》（2005）中的老人容纳、欣赏各种异质文化，黑人同性恋、印第安人、车厂老板、乡间寡妇、赴越军人，都成了他忠诚的朋友。其次是浪漫神话对功利现实的超越。《大鱼》（2003）中的父亲有太多虚构的看似荒唐无稽的故事，以世俗、常态的眼光来看，父亲的故事的确很荒唐，但实际上他不屈服于世俗，勇敢无畏，一生中无论遇到怎样的险境和蛊惑，都坚持走自己的道路。束缚于常识、实利的儿子对父亲的理解，始于他终于领悟了生命本身是不可思议的，人是自由的，可以创造神话。现代西方影人热衷于讲述老年人仍能创造神话的故事。《世上最快的印第安摩托》（2005）中，老人为了参赛，以 70 多岁高龄，身患动脉硬化、心绞痛，带着药物，远离家乡来到陌生的美国，多次遭受讹诈、抢劫，途中或者拖车出故障，或者心脏病发作，无奈滞留荒野，甚至差点被响尾蛇咬死，但他倒在野地笑看头顶的星辰。老人超越衰老，与年轻人竞赛车技，创造了世界上最快的速度。老人也应当追求梦想，否则人生就没有意义。

（二）个人主义价值的现代重建

现代西方人在遭遇个体解体的危机的同时，又努力重建个体。《恐惧吞噬心灵》（1974）中的老人悟到个体存在才是最重要的。老人的儿女有自己的生活，不管她，她与邻人则只是惯例、金钱往来的关系。生命禁锢在既定的模式和习惯当中，但生命短暂，突然之间一切都快要结束了，还有什么能做的呢。所有人包括女儿、女婿都反对她与小二十多岁的外国漂泊男人恋爱。儿子称母亲是妓女，女儿称母亲家是猪圈。丈夫的同事称其为从摩洛哥来的奶奶。丈夫也苦闷难当，在外逍遥不归。但老人对丈夫说，我们必须对彼此好一点，否则生活就没有什么值得留恋的了。《天伦之旅》（1990）中的老人由个体迷失又重归个体。老父亲的生命黏附在儿女身上，他的生命乐趣只有在幻想中已经成为不一般的人物的儿女，他时时刻刻都离不开孩子，想象中、习惯里孩子们总在他身边，然而长大成人的儿女们自己却遗弃了老父亲，好像在世界上失踪了一样。他听不到孩子们的声音，看不到他们的身影，拥抱不到他们的身体，这是一个停滞、空虚、无情、无寄托的世界。来到儿女所在的城市，老父亲却只能流落街头，被抛回到在 45 年前结婚旅行的那一家旅馆，衰老的手在幻想中握着当年妻子年轻、富有弹性的手，人的孤独、生命的无情流逝令人痛苦锥心。父母当年为了实现人生理想而竭力培养儿女以至牺牲了自己，等到老年，这些牺牲虚掷了，他们终于明白一开始就不必过高地期待，每个人能完成自己独特的个性与生命就好。在《天伦之旅》（2009）里，人到老年才发现每个人需要自己建立自己的家园，父母、儿女实际上都只要对自己负责就行。《秋天里的春光》（2001）中老妻最终理解了老人，老人应当有自己独立的空间，不必为儿女奉献一切。

《史崔特先生的故事》（1999）中的老人以极端的方式完成独特的个体生命，相同但更为荒诞的作品是《内布拉斯加》（2013）。人到了老年，至死也需要一个目标，纯属于个人的目标。老人为了诈骗犯许诺的百万美元，为了给儿子留下财产，几次偷偷离家出走，步行去千里之外的地方领奖。然而，其实老人需要的只是一个生活目标。老人不顾所有家人反对，坚持将这一荒谬领奖视为自己唯一重要的目标，儿子最终妥协，送他去领奖。尽管所有人都为他做出了牺牲，但他仍然坚持自己的选择，即使这是一个荒谬的行为[①]。老人要面对的是整个人生的荒谬，无奈凑合但又懒得离婚的婚姻，未经思考的生育，没有亲情的家人，企图加以敲诈以及抢劫的前合伙人与一众亲戚。看似荒唐透顶的一生里，没有任何一个人，包括身边的家人了解他，他是一个沉默的、善良的、被人利用而不懂拒绝的英雄，他的战场经历令他遭遇无法治愈的创伤。人终究只是一个可悲的存在，束缚在个人的观念和习惯中一直到死而毫不自知。最后，糊涂的老人悟到，人应当在时间流逝的必然悲剧中维护自己的尊严和个性。

（三）否定之否定：传统价值的新生

现代老龄影视作品中的传统价值有两种类型，一种只是单向地肯定传统，一

---

① ［美］罗伯特·阿普等：《李安哲学》，邵文实译，黑龙江教育出版社 2015 年版，第 388 页。

种则是否定之否定，经历了传统崩坏之后又重归传统①。

《木兰花》（1999）中老人临终时，死亡已在眼前，他很快不再是他自己。他已经十年没有见过儿子了，他想见儿子最后一面。性侵女儿的老人其女儿与他形同仇敌，但他病入膏肓临近死亡时，却不顾女儿的厌恶痛恨，只想与她相聚。为金钱嫁给老人的年轻女孩，最后却对垂死的老人产生了爱。面对死亡，在经过了现代生活包括家庭、信仰的全面崩溃与混乱之后，人类最终又重新唤起传统的爱、家庭、亲情、个性、理性。《爱》（2012）揭示了人对于衰老、疾病、痛苦的恐惧，没有人能帮助承担，必须自己去应对和承受。失去语言表达能力后，思想无法传达，作为正常的个体存在解体了，母亲成了女儿无法理解的人。老人不愿意去医院，不愿意被外人按所谓的规则来折磨，她宁愿早死以脱离痛苦、无能、不能自主的状态。然而爱给了她抗拒痛苦、无能的力量与快乐。老伴尽力刺激、鼓励她恢复语言能力。爱是欣慰，也是负累，两人体贴对方，但又担心自己拖累了对方。但爱不能伤害个人的独立，老伴不能勉强老人痛苦地活着。老人对于如何处置自我的生命、疾病有完全独立的权力，社会、他人、亲人不能侵犯这种独立性。爱的更伟大之处在于，它超越通常的自私的、怯懦的、依附性的爱，老伴亲手结束了妻子的生命，让她从无法消除的痛苦中解脱出来。人到老年，工作和事业的成果及传承令生命拥有意义。这是爱的另一重内涵。

人不可能生活在虚无中，诸多老龄影视作品中的老人到了惨淡虚无的老年时惊醒过来，开始寻找并肯定生命的意义。

从正面在废墟上发现意义的是《野蛮入侵》（2003）。老人老病来临时遭社会遗弃，西方社会制度不良，官僚主义的医疗机构、行政机构严重漠视民众利益，家庭关系普遍恶劣，老人没有人照顾，宗教沦为伪善与权力化，这是比野蛮社会还

① 万俊人：《当代西方伦理学的主题嬗变与传统回归》，《学术月刊》，1993 年第 9 期。

要野蛮恐怖的文明社会。有些老人只管个人浪荡享乐，情人数不清，老来卧病在床众叛亲离。老人的儿子与他早已无法沟通，妻子因他婚外滥交早就关系破裂，情人毫不关心他的病情，只管索取青春损失费。人性善恶交织，人善于堕落，只有时间、衰老和死亡能制约人的放纵。慰藉老年心灵的，有自己的思想和事业，有儿女的成才与爱，有真诚的友谊。从反面强调人生必有某种意义的是《内布拉斯加》（2013），老人必须选择自己的目标，即使是荒谬的目标。

面对亲情与家庭的异化，现代的老人超越传统的家庭形态与观念，同时又重建新的家庭文化与价值。一方面现代的老年人超越了狭隘的家庭、亲情观念，在人类与世界的共同价值上寻找人生寄托。《死期将至》（2007）中，在生命的最后时光，老人通知儿子不必再来见她，她将财产和房屋赠给了儿童音乐团。孩子们搬进来后，给她端来热茶，在超血缘的人类共同的爱和志趣里，生命仿佛在永恒延续。另一方面，老人们在克服家庭对个体的束缚的同时，由于疾病与死亡的启发，悟到生命与亲情的可贵，又回归了以纯粹的、无功利的亲情为主体的家庭。《余生的第一天》（2008）中，尽管反感对自己刻薄寡恩、好胜教条的父亲，但自己作为父亲，却也只能无奈地看着心爱的孩子追求独立离开家庭。父亲对于儿子总是期望过高，期望落空的时候就怨恨、惩罚儿子，同时父亲对这一点往往又不自知。孩子或者摆脱家庭，或者叛逆放纵，将父母的爱与关心当作束缚予以反抗，留给父母的是孤独、空虚和痛苦。家人看似彼此深爱，但实际上在根本上彼此是孤独冷漠的，16 岁的女儿没能记得母亲的生日。爷爷的自私冷酷、固执好胜，赤裸裸地、令人反感地呈现出来，可是他只是几乎所有孤独、自我的现代人的写照，他同时也是那些对他极度反感的后辈自己的镜像。但在患上绝症的余生里，父亲和家人互相谅解，重新团聚，生活重返正轨，人们重新发现、珍爱、享受有限的生命，珍爱亲人与家庭。

结语

从西方老龄影视作品可见，由于政治、经济、文化的变迁，现代西方社会出现了严重的精神危机，老龄人群同样遭遇生命意义的虚无困境。这一精神危机波及社会与人生的各个方面，传统文化解体，内在价值与信仰混乱，金钱压倒人性，家庭与亲情幻灭，个人主义价值坍塌，人到老年陷入绝望。但西方的个体理性与人文信仰在现代经受住了重重考验，最终仍然给老年人提供了情感与信念的支撑。理性精神使老人直面死亡与虚无，重新屹立对精神的信仰，重建自由个体信念与意志，人到老年，仍然开放乐观，生命坦然回归自然。传统文化与价值经历了现代荒诞的否定之否定后又回归了，爱、自由、生命意志、家庭、亲情重新被肯定。这一切印证着存在主义式哲学的理念，虚无即是实有[①]，人类应当向死而生，影视艺术在人类自我迷失与探寻的道路上犹如探险的明灯，照亮迷失者归家的路途。

通过比较中国网络小说与西方影视作品对老龄精神危机的叙述和思考，可见中国注重人的社会、家庭、政治、道德层面，西方则兼重个体的身体、存在、权利、性等层面，其中性叙事是西方热衷而中国则遮蔽了的，只是在晚近中国少数作家才对此予以关注，但他们的声音处于边缘。西方影视向来是个体本位的，而中国网络文学则从以社会本位为主导逐渐嬗变到兼顾个体本位；中国文化与文学中家庭伦常从来是根本导向，而西方则从来是社会问题与个体自由导向；中国重家长权威与家庭伦理，西方则更看重个人自由与家庭亲情；西方注重自我养老，中国则逐渐发展到自我养老、社会养老与家庭养老并重；在探寻个人价值时，西方老年人倾向于自我本位，中国老人倾向于社会道德。中西文化确有相互借鉴、融通的必要。

① ［美］D. J·奥康诺：《批评的西方哲学史》，洪汉鼎等译，东方出版社 2005 年版，第 984 页。

第五节　音乐文本细读：
笛曲《牧民新歌》及其演奏

简广易、王志伟于 1966 年创作的笛子独奏曲《牧民新歌》是当代中国民族器乐的一个代表性作品，乐曲吸收民间音乐营养，又运用西洋音乐技法，突破了当时笛子曲创作曲式结构单一的局面。作品融合中国竹笛北派的热烈刚健与南派的细腻华美，创造了刚柔相济的崭新风格和意境。

全曲由引子、A（第一部分）、B（第二部分）、C（第三部分）、D（第四部分）和结尾组成，根据其意境、情绪、旋律、节奏和曲式结构，每一部分之间有对比和变化，彼此间又有机地联系着。

引子吸取蒙古族长调民歌的手法，运用宽音程如八度音程等跳进表现草原空间的宽广辽阔，以大幅度的旋律起伏表现草原的一望无垠，以旋律的同方向连续进行表现草浪起伏、牛羊成群、白云飘飘等大面积的动态感。其间短暂的离调，给动人的旋律增加了动力和明亮的色彩。乐曲也借鉴长调没有固定节拍和节奏循环规律的特点，气息宽广，悠扬辽阔，节奏和速度十分自由。以密集的同音反复构成的颤音，模仿了长调的下颚颤音或喉颤音的演唱方法，再加上类似长调中的滑音的大量运用，仿佛蒙古牧民在辽阔的草原上引吭高歌，风吹草动，歌声飘送到遥远的天际。滑音和强弱变化结合起来，既能表现空间的辽阔幽邃感，又好像白云在高远的蓝天上飘游，闪着银光。

A（第一部分），慢板，也和引子一样借鉴蒙古民歌技巧，好像是引子中那遥远的歌声越来越近了，接着出现的是成群的雪白羊群、乳香缭绕的蒙古包，一位蒙古歌手的特写出现在画面中央，乐曲的这一部分就像是他演唱的一首长调。A部分是a、a′、a″三句方整型乐段，每句四个小节，三句使用同样的主题材料，但运用了各种变化。a′句前三小节扩展或减缩a句前三小节的材料，末小节则a、a′、a″三句基本上都相同，加强了统一感。a″句前三小节与a′句相比变化较大，或反向进行或提高一个八度，增强了乐曲进行的动力。a″句最后再现主题句，力度渐弱，歌手的身影淡去，过渡到下一幅画面。曲中×××　××扬鞭催动马蹄疾的节奏型、附点节奏和乐节末尾的赠音，都富有浓郁的蒙古长调特色。这部分慢板也与乐曲后半部分欢快的进行构成对比，仿佛是蒙古牧人在赞叹草原的富饶辽阔，回忆曾经的痛苦忧伤和抗争，更有对未来的企盼。

B（第二部分），小快板，这一部分由a、a′两句组成延伸型乐段，每句八小节，前五小节对比，后三小节重复。乐曲使用了蒙古民族音乐中最常见的一种节奏型——马蹄律动的节奏：×××　×××与×××　××，这种节奏常在2/4和4/4节拍的短调旋律中得到体现。乐曲的这一部分表现在欢快的马蹄哒哒声中，一群牧人骑在骏马上奔驰而来。

C（第三部分）由a、a′、b、b′四个乐句构成，展现了牧人们崭新的生活和精神风貌，好像是一群蒙古人民在欢乐歌唱，其中有合唱、对唱和独唱。a（第1至16小节）、a′（第17至32小节）两段将主题音调拉宽，a′段在八度重复a段，仿佛是坚定地向过去告别。b、b′两段是豪迈激越的赞歌，运用了由升F羽调式主A宫调式的调式调性转换，使乐曲色彩更为明亮，情绪更加激扬。b′段将b段的材料重复或扩展、紧缩，又通过降低八度或增添新材料来形成变化。这两段还在如歌的旋律中加入花舌、吐音技巧，尽情地抒发豪迈舒展的情绪。

D（第四部分）由 abc 三句组成，使用各种节奏变化来表现草原上人们赛马的热烈情景。a 句（第 1 至 16 小节）使用 ×××　××蹄声哒哒的节奏型，逐渐进行到高音区，表现赛马到了最激烈的关头。短暂的 b 句，节奏变为××××××，后拍两音作重音处理，仿佛骑手们在急甩鞭儿、双腿夹击马腹，催动马儿飞奔，花舌音的运用更渲染了热烈的气氛。这段速度并不特别加快，仍旧从容不迫，仿佛骑术高超的骑手们在飞驰的马上潇洒自如。c 句，快速进行的××××××××节奏型意味着骑手们开始进入冲刺阶段，一变而为××　××××｜××　××｜的节奏，表现骑手们的快马加鞭，再变而为××｜×　×　××｜×　×　××｜，两次换气，则是骑手们最后的冲刺了。速度的加快、密集的十六分音符、双吐音的使用和几次动机的重复，增强了情绪的热烈程度，使乐曲达到高潮的顶点。由于力量的积累，乐曲一泻而下的进行，到最后的尾声部分只能偏离主题音调，换气休止，几次补充终止才达到平衡，然后圆满结束全曲。

乐曲有很强的电影画面感，引子是草原的大全景，第一部分是一个牧人独唱的特写，第二部分是牧人们策马奔驰的中景和全景，第三部分是牧民们合唱的中景，第四部分是赛马的全景和中景，最后结束于赛马扬起的烟尘渐渐平息，人欢马叫渐渐隐去的草原大全景。

《牧民新歌》作为当代笛子曲中的代表作，很多著名演奏家都吹奏过这首乐曲。由于演奏家们的师承、演奏风格、艺术修养和理解的不同，《牧民新歌》也呈现出不同的色彩和性格。

作曲者简广易的演奏严谨内敛，耐人寻味。他的演奏有很强的整体感，注重前后发展呼应的内在神韵。他不突出技巧，也不倾泻激情，而是含蓄克制、干净利落。李增光的演奏基本上追随曲作者，结实饱满，点到即止。他的伴奏比较得体，既饱满坚实，又没有喧宾夺主，起到了很好的支撑独奏、并与独奏有所对比映衬的作用，体现了原作者简广易笛曲创作糅合西洋作曲法的追求，如对复调、伴奏效果的重视等。他的吐音神完气满、潇洒自如。与简广易相比，李增光的演奏情绪更激越，笛子的音色也更丰润亮丽，气息控制下的强弱对比更明显，更富有力度感、层次感。

其余大部分演奏家都在曲作者演奏版本和原谱的基础上，做了各种不同的处理。胡晓流的演奏版本里，引子中的 sol 加了赠音，颤音和滑音的处理，都有浓厚的蒙古长调原汁原味的感觉，好像一位蒙古歌手在演唱。慢板段附点节奏和乐句最后的赠音处理以及滑音、颤音，都是长调本色。小快板段很多吐音处理成了波音，极具特色，好像骑手们挥鞭时鞭梢在空中甩出的弧形。但是第三部分的伴奏，节奏打击喧宾夺主，效果又很单调。张斌只用一件笙伴奏，效果也不好。

有很多演奏家没有摆脱南派演奏风格的制约，没有将《牧民新歌》本身的蒙古民族音乐的神韵和大草原牧民生活的意境充分表现出来。俞逊发的演奏在引子中增加了颤音和滑音，更突出全曲在速度、力度上的对比，音量幅度更宽广，显得更为抑扬顿挫。他的吐音常用气吐技巧，很饱满，富于南派神韵，余音袅袅。谢继群的演奏与俞逊发接近。他的引子注重滑音和颤音的草原效果和长调风格，但最后几个音的打叠又是典型的丝竹风格了。第一部分也更偏于南派风格，第三部分 a′ 段第 19 小节强拍上，也加奏了一个 sol 音，节奏接近 | × · ×　××｜×　×｜，挥鞭催马的节奏型变成江南丝竹风格，效果不好。他们的高音 mi 太直太露，乐曲结尾倒数第 5 小节弱拍上的 do 奏成了 la，离主题动机过远，效果上也不易令人接受。詹永明的演奏大气磅礴，如行云流水，但是蒙古草原的感觉还是不浓，再加上富有江南丝竹韵味的伴奏，使人反而感觉好像来到了苏州园林。

同一首乐曲在不同的演奏者那里呈现出不同的风貌和精神，各具特色，这是很正常的，但演奏者的发挥也有一个限度，不是任何处理都有很好的艺术效果。《牧民新歌》本身的特色和内涵，决定了演奏者发挥的方向和程度。这是一首具有浓郁蒙古族音乐风格的作品，它表现了草原牧民的生活画面和情绪，乐曲有其内在的逻辑和整体上的呼应，演奏者最好在这一前提下充分发挥自己的个性，必须表现乐曲本身的内涵，而不能与之背离，否则即使是最杰出的演奏家也无法做出令听众十分满意的尝试。

第六节　家庭文化与文学：
凌叔华的家庭叙事

很多中国现代作家深刻表现了传统家庭文化对中国社会、文化、思想、文艺的影响和现代家庭变革的冲击，凌叔华是其中风格典雅而又不乏犀利的一个。

一、旧时代黑暗的家庭制度和文化

旧时代黑暗的家庭制度和文化导致了无数悲剧，凌叔华常常写到旧时代里个体为家庭和大义所牺牲。就像鲁迅笔下那种客观描写细节的现实主义文本，往往记录了国家至上话语下民间个体生存的混沌与冤苦，凌叔华1984年发表的《一个惊心动魄的早晨》则是在现代史进入一个新的时期后，亲历现代风云的作家的回顾与反省，同时文本也保留着过去时代沧桑的现场感与混沌的细节。小说写到个体被民族大义所牺牲。抗战时，一个年轻女人还是生头胎，丈夫和娘家的人都远走高飞了。她的丈夫忠心爱国，明知自己的媳妇就要分娩了，他却一口气答应朋友加入"民团"抗战，甚至为了保密，直到他走那天，才告诉老母亲李大妈。因为家庭和丈夫的民族立场、国家利益至上理念，这个年轻女子吃苦受罪，李大妈这个年长女性则被家庭伦理所牺牲。李大妈的丈夫消失了十五年，抛弃家庭和妻儿，却在年老多病后，赶在这个艰难关头回家了，他等待家人给他料理后事，百般诉苦求助。在儿媳妇临盆的生死关头，老头却让李大妈一定要先去给他买一顶帽子："大忠的妈，你给我买到帽子没有？我求你赶快去买一顶。时辰一到，我就得走，到了阴间，没有帽子戴，可要被小鬼瞧不起啊！"[①]女性为民族大义、家庭伦理所牺牲，男性也甘愿为民族大义献身。

家庭冲突、婆媳交恶不只是在愚昧的乡村，在上流社会同样普遍存在。凌叔华笔下的婉兰，差不多等于被父母卖给权势者之家，嫁给一个荒淫浮浪的男子。婉兰没有嫁过去之前，丈夫家中丫头银香就已怀上了丈夫的孩子。婉兰委曲求全，希望自己和那丫头都能得到丈夫的爱。婉兰也很贤惠大度，常劝丈夫去银香那里过夜。丈夫喜新厌旧，不喜银香，但又糊涂任性，也反感婉兰的贤惠，愤愤然地天天逛起窑子来。婆婆和银香沆瀣一气，反而责怪婉兰假惺惺，逼得丈夫逛窑子。失宠的银香中伤婉兰，说少爷冷落她都是婉兰调唆的。婉兰内忧外患，孤苦伶仃，生病发高烧，结果婆婆还鄙斥她"装病，诈男人娇"[②]。

生命与家庭的绝境冲击着道德的底线，为了苟延残生，人几乎是什么都可以做的。凌叔华《古韵》中有一片段改写了《罗生门》的故事，这是惨烈的家庭悲剧，老妇人的男人饿毙于地，儿子卖苦力挣钱养活一家五口，自己吃不饱，煎熬而亡[③]。老妇人的儿媳妇高烧两个星期，没钱看病买药，也没有吃的，但为孩子只能硬撑着，不能死。老妇人为了她和一家五口去盗棺偷死人的头发。儿媳妇最终病死，最小的孙子熬不过饥饿也死了。

凌叔华在《女儿身世太凄凉》中写到那些追逐女性的男子其实只是为着钱财权势，"哼，他们这样，你猜安好心眼么，他们不过一来借此巴结你父亲的钱财

① 凌叔华：《朝雾中的哈大门大街》，珠海出版社 1997 年版，第 211 页。
② 国宾：《凌叔华文选》，内蒙古文化出版社 2001 年版，第 6 页。
③ 凌叔华：《酒后》，京华出版社 2006 年版，第 308 页。

势力，二来他们可以饱飨小姐的佳容就是了"[1]。男子被拒之后，便使尽下流手段，他们谎言小姐是已经允许他的，还写些歪诗香艳文，叫小报登出来，他们甚至造谣说小姐快要生小孩子了。因为拒绝恶少婚事，小姐的父亲得罪了上司，被撤了差事。结果，小姐"病了一个礼拜，正月二十九早上就死了！"

不止男女、夫妻因财帛而聚散，父母儿女、兄弟姐妹之间的亲疏离合也有系于利益的情况。凌叔华在《有福气的人》中揭示出，旧家族中老人的多子多福都是一场空，媳妇的逢迎讨好意在攫夺老人的私蓄，表面和睦的兄弟妯娌为着财产互相怨恨猜忌[2]。

二、传统家庭与婚姻的复杂性

对家族文化的弊病和国民劣根性做过深刻描写的凌叔华，在描写家庭的罪恶时，有些文本也显示了传统家庭与婚姻的复杂性，如《古韵》。一方面，官宦人家的女人内化了男权观念，成为男人的奴隶，她们厉行道德风俗的规范，以克己、牺牲、宽容、高雅的道德要求自己。对于多妻的男子，女子只有生下儿子才有地位。女人为了争得男人的宠幸，彼此恶斗不休。但也有些女子利用、欺骗男子，玩弄权术与阴谋，夺取家庭地位，放纵欲望。这种制度和道德规范，是一种强者欺骗和钳制弱者的手段，他们自己嘴上说的和实际做的是不一致的。对于全心全意遵循道德规范的女子，连男人也觉得她傻："你妈是个好人，她总想着别人，就是不想她自己和我，真有点傻。"[3]女儿一方面觉得不公平，愤慨于诚实践行道德的人被践踏道德的人所玩弄和鄙视。母亲朱兰为了整个家庭表面上的和睦，委屈自己

---

① 傅光明、郑实：《凌叔华文萃》，文化艺术出版社 2002 年版，第 130 页。
② 陈学勇：《凌叔华文存》（上册），四川文艺出版社 1998 年版，第 100 页。
③ 凌叔华：《古韵》，傅光明译，中国华侨出版社 1994 年版，第 61 页。

和女儿，忍受其他妻妾甚至仆人的欺辱，还要委屈自己去赔礼道歉。但另一方面她也觉得母亲的确是自己愚弄自己，做着无意义的牺牲，连自己正当的对丈夫的情感也不坚持。在这种环境下，善良的女性要顾全大局，遵循传统道德，做一个圣人，就只有取消自己的个性与欲望。男法官在审讯过程中都会被女犯人的美貌所迷惑，对于男子，女性的美貌与性诱惑力是无可抵御的，理性与道德无法抗衡。男子利用男权制度，无限制地满足自己的欲望，伤害女性的情感。无疑，丁老爷欺骗和糟蹋了丁太太和朱兰对他的爱恋和爱护之情，朱兰答应和他结婚时，绝没有想到她只是丁老爷的第三个妾。

另一方面，家族制度有其社会价值和贡献，在传统文化和家庭中也有成功的女性，如寡妇潘少奶奶。潘少奶奶料理生意像男人一样出色，"她不仅有男人的头脑，更有一双男人的手。……她读书写字比死去的丈夫还要好"①。她成了一家之主，代表家庭参与各种社会活动。小说也叙述了传统文化的价值，富贵人家和上流社会掌握了社会的大部分财富，但他们也维护道德、构建文化，维持社会稳定，他们"为孤儿和老人造房子。冬天，为聚在门前的穷人发放大米。夏天，他们开的药店免费供药。许多街角，都有为路人准备的热茶、凉茶。无论何时，哪里发生了水灾和旱灾，政府就会利用他们的钱财，他们也总是慷慨解囊。"传统社会显示了它健康、温情、通情达理的另外一面，女子还有自己的择偶自由。朱兰拒绝了长辈安排的婚姻，不愿意嫁给一个认不了几个字的男人，她要自己选择丈夫。至少，朱兰与自己的丈夫结婚，是出于两情相悦、自由选择。

凌叔华深刻表现了亲情的复杂境遇。亲情是生命的寄托，无法解开的。凌叔华《杨妈》中杨妈的儿子不念母亲，浪荡在外，杨妈千里寻儿，去甘肃的路途千辛万苦，她仍然走上了这条不归路。父母儿女之间的亲情，是人生命里最大的慰

---

① 傅光明、郑实：《凌叔华文萃》，文化艺术出版社2002年版，第8页。

藉牵挂，足以撼天动地。[①]人是需要人类特殊的情感、意志、意义来驱动和支持的，在生物学、物质生存、理论概念之外，他需要情感价值、生命体验的滋养，而母爱与家庭亲情便是这种情感慰藉的核心。没有出息的儿女有时也会在情感上压榨父母，张天翼笔下的包国维就是从情感上控制了父亲。凌叔华笔下的杨妈和老包一样，也被儿子用情感束缚着。她儿子成年了，跟母亲说不到三句话就是要钱，妈有时给慢了些，他就瞪眼发脾气。这个儿子后来丢下母亲不管，任性地跑到军队里游荡去了。最后听说儿子上了甘肃，杨妈走上了去甘肃的不归路。一方面父母挂念儿女，当然是人之常情，不可消磨的，也是人的根本慰藉。另一方面，也要看到杨妈和老包这类人缺乏独立的自我与情感，他们把自己一生依附在对儿子的关爱上。

现代作家也提出一个更深刻的看法，即老年人问题的解决也需要老年人自己独立。凌叔华在《杨妈》中写道，父母不应该将希望完全寄托在儿女身上，世上不孝顺，不管父母的儿女也很多，老年人要先保证自己能管好自己。老年人年纪一天天地大了，身体一天天地衰老，很容易就来个三灾两病，如果没有什么亲人可靠，手上也没有积储，那就毫无办法了，所以应当及早谋自立，"趁现在身子还可以熬得来，自己看开一些，好好地调养调养，积省下一些钱，就是老了也乐得舒服"[②]。老年人要有"一个人无牵无挂，听天由命的过"的觉悟。苏雪林也同样主张，或者社会上有设备完全的养老院，或者老年人自己独立，"储蓄一笔钱，到老来雇个妥当女仆招呼我"[③]。

传统社会认为人死为鬼，魂魄永在，这对逝者生者，都是一种情感的慰藉。凌叔华写到一个父母双亡的女孩相信父母依然陪伴着她："我爸我妈都埋在这儿，

① 凌叔华：《花之寺》，花城出版社 1986 年版，第 322 页。
② 傅光明、郑实：《凌叔华文萃》，文化艺术出版社 2002 年版，第 277 页。
③ 中国现代文学馆：《苏雪林代表作》，华夏出版社 1999 年版，第 120 页。

奶奶说他们走的时候穿得少，冬天会觉着冷，烧火能让他们暖和暖和。"当现代科学揭示鬼并不存在，这让人失去了情感的慰藉："照你说，我妈永远不会回来看我了。"[1]

爱情是容易变迁的，当爱情转移目标，对以前所爱的又可能毫无反应。虽然说爱情易变，但在婚姻家庭当中并不是一定就会枯萎。鲁迅《伤逝》对爱情在灰色困窘的生活中渐渐冷却做了经典描写，凌叔华在《他俩的一日》中则描写了婚后爱情仍然浓烈。相比婚前，夫妻的爱情更为丰富扩大了。妻子对于丈夫的爱也带有一点母性，妻子像对待小孩一样给丈夫穿袜子，"瞧，我才不在跟前一年，哪一件汗衫都甩掉纽绊，你这孩子，也不知道怎样穿来的"[2]。丈夫在妻子面前变成了小孩子，"谢谢你，小妈妈"！当然，丈夫同样也关爱妻子。与此同时，他们乐于看到对方在婚后仍然保持性的魅惑力与青春激情。小说中丈夫戏谑妻子："女人有了人想调戏她才好呢，若是个丑怪的谁也不调戏她。……我想你们女人有时倒高兴人家调戏自己吧？"他们有理智生活的共同兴趣，否定旧家庭那种"枯燥的生活"，共同欣赏、追求"真的文学"。这样的夫妻生活在一起并不会厌倦，"从前是天天在一块儿，你的话都在我心里，我的话更不用说了。那是满月般的生活，你不觉得有意思吗"？

情为人所赞美和向往，人们将它当成婚姻的合法基础，然而正是这个基础导致了婚姻的危机，因为它自己就是一个靠不住的、易变的东西。新文学里能写出婚姻家庭中的宽容和爱情不曾冷却的，也许只有凌叔华与冰心等少数几人。但凌叔华尽管极写夫妻理性相契、趣味相投、情感仍浓，她还是写出了这看似完美的夫妻关系的暗礁：欲望的贪多求新。

① 国宾：《凌叔华文选》，内蒙古文化出版社 2001 年版，第 477 页。
② 傅光明、郑实：《凌叔华文萃》，文化艺术出版社 2002 年版，第 326 页。

强行压制性欲，常常招致性欲的反叛。杨荫榆看不惯自己亲侄女出嫁，风言冷语加以讥讽。凌叔华笔下的李志清厌恶女学生们的华装艳服，厌恶她们娇媚的笑声，点滴小事都能使她敏感到与性的关联。[①]

三、旧式家庭观念和文化对于自然人性的压抑

对于穷人家的小孩生活上的艰难苦楚，革命叙事有另一番观察。新生儿就任雪花落在皮肤上，又没有奶吃，这很大可能导致死亡和疾病，这样的事实的描写，要转化为苦难铸就人的坚强这类象征，恐怕是太困难了。相比之下，凌叔华《奶妈》、萧红《桥》中对穷奶妈孩子夭折惨死的描写，更真实有力。生育对穷人的小孩和父母都是一种折磨。

凌叔华的《奶妈》深刻描写了无私的哺乳本能的被糟践、破坏。奶妈对培培是一种如出己身的爱，她不满有钱人家拿小孩当展览品，来满足成人的虚伪关心，"这几天他才准时候吃奶睡觉，多好啊，我看还是让客人少看他好些。您这里客又多，这个客要看，那个客要看，倒吵得他睡不好了"[②]。但奶妈的无私的爱，引起了培培母亲的不满，"不过奶妈的声音是这么认真，这种认真显得她觉得对面的人倒是与培培没有关系似的。岂有此理，自己唯一的娇儿，还不知爱惜吗"？嫉妒心、占有欲，将孩子当作自己的所有物来显摆的隐秘心思，虚荣心、好胜心，实际上照看孩子不周到所引起的心虚，母亲所有这些不健康的心理导致的恶意，最终破坏了奶妈对培培的爱。母亲阴险地说着"这领子要开大些，培培是一天天胖"，她意图证明她才是合格的、称职的真爱孩子的母亲，暗示奶妈是不称职的，没养育好亲生的孩子，刺激奶妈很伤心地想起自己的孩子来了，"我自己的可是一天

① 国宾：《凌叔华文选》，内蒙古文化出版社 2001 年版，第 122 页。
② 国宾：《凌叔华文选》，内蒙古文化出版社 2001 年版，第 295 页。

天瘦下去"！她心如刀割地想起与女儿的分离，"她记得清清楚楚的，她进城来那一天，她似乎明白这是什么一回事，张了小嘴，拼命地哭起来。她自己忍痛亲了娃娃一下，便放她在那张阴暗的大床中心躺着，当时她觉得这如同把自己一块肉生生割去一般凄惨，但是为了生活……"奶妈善良单纯的心灵被主人破坏了，"主人的问也许是关心，可是她脸上为什么总带得意的样子"？奶妈无私的心灵被打破了平静，她的爱被贫富的不公、彼此的比较、隐秘的算计破坏了，心里也生出了不平和恶意，"自己为了一个月十块洋钱，狠心的割下自己的一块肉，却拾起人家的来当作宝贝侍奉！……今天她抱了娃子出院，立在一边，再也没心情逗娃娃玩了"。孩子也是最敏感的，奶妈心理失衡了，孩子也感觉到了，他也处在不安的状态中，"也真作怪，培培这几天一连都不高兴，吃过奶不肯睡觉，时时要扁嘴哭。奶妈脸上的微笑不知怎样都消失了，她常常皱着眉，喂奶时再不亲昵地看着娃娃，只是板着脖子，脸上没一点表情像一个泥的土地奶奶"。母亲破坏了奶妈的爱，诱生了奶妈的不平的心思，使她从一个淳朴的妇人变为一个心思复杂的人，从这开始，她开始提防起奶妈来，"她曾听许多太太讲过雇奶妈被她挟持的苦恼经验，自己以为只要待下宽和一些，态度精明一些，奶妈是不能生事的，那晓得居然碰到自己手上来呢"！却不知道逼迫奶妈蜕变的始作俑者是她自己。奶妈想回去看看自己的孩子，被残忍地拒绝了，"那有什么法子，谁叫你穷？出来混饭吃……"由哺乳而本可以融洽在爱中的两个女性，因为贫富差异和猜忌最终沦为彼此敌对的关系。社会这种对于天性的扭曲是必然的，正如萧红在《桥》中所描写的，穷富差异带来的痛苦，使得奶妈对乳儿开始"感不到什么灵魂的契合"。从耿龙祥的《明镜台》可以看到，社会等级对生命本能的破坏，不是那么容易被矫正治愈的。

女性丧失母性和妻性，不仅是男子、家庭的灾难，她自身也会走向堕落。凌叔华笔下的太太赌钱打牌成瘾，靠偷偷典当家里的器物衣服充赌本。她丝毫不懂家政与经济，被仆人反过来要挟、勒索，"'谢谢您哪。张升就在套间，给他钱买鞋好吗？给他两块钱吧？……他常常在书房同老爷谈话的'"①。她不理家政，儿女得不到正当充分的爱与教育。她把钱袋掷到女儿长冻疮的脚上，女儿痛得摸脚哭泣，她反而加以责骂。家庭的混乱无序导致男子经营事业失去基础，女性不独不能为男子和家庭排忧解难，反而成了障碍。妻子把丈夫会见客人的礼服都典当了当赌本，丈夫要保全自己的职位去拜见上司都没法成行了。

作家们刻画愚人的褊狭，传送宇宙的慨叹。凌叔华《中秋夜》里，一对愚夫愚妇，将自我困限于褊狭的风俗伦理观念当中。妻子迷信中秋吃团鸭，才能确保夫妻和美、家庭团圆。丈夫荒芜的情感世界、狭隘的理性意识里只有干姐姐一人，他将干姐姐的死归罪于妻子。然后是家庭勃谿，冷战升级。丈夫流连于青楼妓院，醉酒放荡，耗去祖传家产，染下一身脏病，生下的儿子畸形多病，最后家毁人散。小说写道，"两点钟后，小屋内灯油渐尽，纸窗慢慢暗下来，还有两三只纸灯蛾迎住纸窗'碰，碰''不，不'的乱扑，不一会儿灯灭了，灯蛾也掉在冷霞里，滚了一身白霜，带着去见造物主了。此刻小屋内已送出呼鼾声，时时夹着'哎——哟，哟，哟'，似乎继续作灯蛾扑窗的尾声"②。愚人的一生，不就是画地为牢、作茧自缚，如灯蛾为着利欲、偏见、成规而争先恐后奔赴死地吗？宇宙也慨叹这些在自织的网中折腾毁掉的生命，"月儿依旧慢慢地先在院子里铺上薄薄的一层冷霜，树林高处照样替它笼上银白的霭幕。蝙蝠飞疲了藏起来，大柱子旁边一个蜘蛛网子，因微风吹播，居然照着月色发出微弱的丝光"。

① 傅光明、郑实：《凌叔华文萃》，文化艺术出版社 2002 年版，第 217 页。
② 傅光明、郑实：《凌叔华文萃》，文化艺术出版社 2002 年版，第 197 页。

第七节　贵在史识：
陈平原的小说史研究

中国文化史学自来发达，现代文学史、小说史更是堪称显学，但向来的小说史大都是政治史、文化史的附庸，其主体多为政治文化背景介绍加上作家作品罗列，作家作品部分也是政治文化背景加上作品内容及艺术特点介绍。陈平原革新了小说史研究和叙述的模式，他不是描述、复述小说史，而是建构解释的、剖析的系统理论，以探讨文学形式本身的特质及文学演进的规律等课题；他不是以小说史作为政治、社会史的附庸和例证，而是梳理小说艺术形式独立的演进史，揭示小说形态及形式演进的动力与过程；他不是机械地拼凑社会文化背景、作家思想和小说艺术特点，而是以形式为中心，沟通文学的外部研究和内部研究，考察社会文化背景、主体心理在小说形式变迁中的投影，小说形式成了社会文化和意识形态变迁的镜子，小说是外部文化背景与内部艺术形式化合的产物；他超越或新或旧的单一视角和或主或客的褊狭立场，以丰富的史料为基础，尊重客观对象和史实，构建系统、多元、复杂、动态、还原的阐释与评价模式。

一、小说史叙述理论的自觉：小说史的对象与时期

陈平原志在整合出独特的考察文学演变规律与范型的理论，他之所以着眼于

晚清民初到"五四"这一段过渡、多变时期,乃是因为这一过渡、转折时期最宜于考察文学演变的多种因素与动力及复杂过程。虽然他这一系列著作《中国现代小说的起点——清末民初小说研究》《二十世纪中国小说史》《中国小说叙事模式的转变》等,书名基本上都是从时间着眼,但著者对对象的定位是从近代小说革新运动开始的。近代小说革新的起点是戊戌变法,由此时期对西洋小说的翻译介绍,对小说地位的高度评价,对创作新的小说形式的号召,都逐渐催生了近现代的小说革新潮流。著者的界定着眼于整体、系统的发展,兼重形式和内容,还原中西撞击、古今对话的多声的现场语境,而以形式层面的变革为中心。以形式变革为中心,所以陈平原将小说现代化的尝试定位在晚清,而其初步实现是在"五四",因为到这时叙事模式的转变才最终"初步完成"①。著者不忽略社会文化背景的重要,但其卓见与新的尝试是在不以文学史做社会政治史的附庸,而以形式为中心,探讨小说的发展演变,社会文化因素的影响是通过形式的运动与反应才起作用的。这里也不同于陈寅恪的以诗证史,虽然同样注重文学与社会文化因素的互动与对话,但陈平原更侧重于解决文学自身的演进规律,以及形式如何包孕、化合、呼应外部社会文化因素等问题。

陈平原细密地辨析了晚清域外小说的输入如何作为 20 世纪中国小说现代化的起点。这是文学从传统发展到现代的转折、过渡时期,域外小说的启示是小说演进的主因。晚清能视作起点,因为这个时代所开启的模式、所遇到的困难,在接下来的 20 世纪具有普遍性,仍是后来的作家需要不断尝试去解决的课题,如政治化与娱乐化的压力、中化与西化的矛盾、艺术形式的更新等。晚清某些半新不旧的实验,也是部分"五四"作家曾参与过的。接受西洋小说的影响,自觉革

---

① 陈平原:《中国小说叙事模式的转变》,北京大学出版社 2003 年版,第 240 页。

新传统小说，寻求新的小说叙事方法与技巧，是这两代作家共同的任务。

名为"小说史"，其实主体不在叙述平面的文学史，而旨在从理论上探讨文学发展的规律。因此，与流行的文学史不同，著者不照搬政治、经济、文化背景的介绍，不求全罗列作家作品，而致力于探讨文学发展的动力与过程，以文学形式的发展作为文学史演变的主体。因为着眼于形式，所以他将域外小说的刺激与启迪作为小说演进的主要动力，就算接受中有误解，这些文化误读最终仍然从不同方面对小说现代化产生了积极的影响。社会文化背景诸方面影响于小说创作者，最重要的在于小说市场的形成和职业小说家的出现，因为这两者对现代小说形式的演进最为重要，由此导致的商品化和书面化对叙事方式带来了根本的变化。新式知识分子与传统文人、小说市场带来了晚清小说的雅俗互动与并存局面。传统小说模式与阅读趣味、新式小说叙事方式与时代新需求，影响到小说的结构，晚清小说结构类型主要为长篇的珠花式与集锦式，以及短篇的盆景式与片段化。与时代的过渡性、转折性相呼应，小说文体文白并存。总之，以形式为中心视角，陈平原的小说史关注的是推动小说叙事演进的动力，对小说叙事形式、叙事风格有直接影响的社会文化因素和主体文化性格。另外，他所考察的小说结构类型、小说文体、情节模式、叙事角度及文本风格的变化与流行，都构成了叙事形式演进史，展现了独特的小说发展史的面貌，同时这些形式演进无不折射社会文化、意识形态的变迁，因此小说史成了文学形式与文体史、社会文化变迁史、民族心理变迁史的结合。

二、建构系统解释模式：小说发展的外因、内因与合力

晚清小说的发展变革是在中西文化的合力作用下完成的，是在西洋文化和文

学的冲击下产生的整体变革，同时也隶属于中国文学内部诸形式和文体的嬗变过程，而以西洋文学的冲击为主要的"内在动力"①。这也是得益于系统思维的结论。欧美与日本的政治小说直接启发了晚清的"小说界革命"，由此逐渐推动了近现代文学的一系列变革。在晚清，小说的地位由边缘到中心，与知识分子欲借小说来启蒙国民、改良社会有关。这一整套理念源自西方的压力与启示，由于西方文化的视角，晚清知识分子超出了明清文人的认识水平，提高了小说的地位，也超越了教化劝善的传统框架。尽管重视西方的刺激和启发，陈平原更强调晚清知识分子的主体性，这种西方的刺激和启示，实际上更源自理论家的焦虑、想象与抱负，他们幻想宣扬爱国图强的小说会使国人与国家立地成佛，民智立开，国家立强。陈平原的分析总是注意到任一文学现象背后的中西文化因子，并注意到这些因子流变、互动的背景与过程。言必称希腊，借助西方话语，从政治影响来抬高小说地位的同时，其实关注的仍是传统的"世道人心"与家国至上。②即便当事人现身说法，陈平原也能从中抉发出古今与中西等各种影响源的投影。晚清小说家反叛传统时离不开传统的制约，他们回归传统时又带着西方文化的影子。

　　域外小说这一外因如何促成中国文学的变革，陈平原对此提出了一个精致的描述框架。对于异质文化的传入与刺激，中国文人的初始反应是排斥，天朝中心的心态使他们漠视西方文化的存在，"'以中拒西'"③。正如费正清的刺激—反应范式所揭示的，在西方势力与文化的长期强势侵入与压迫下，中国人不得不面对和承认异质文化及其优长的存在，但由于追求有用，鄙弃无用，加上自认本国文学优越，所以对于域外文学仍是淡漠的。本土文化中心的心态，对外来文化的封闭反应，惯性思维与情感，导致翻译界意译远比直译流行，能附会本土文化观念、

<hr>

① 陈平原：《二十世纪中国小说史》（第一卷），北京大学出版社 1989 年版，第 9 页。
② 陈平原：《中国小说叙事模式的转变》，北京大学出版社 2003 年版，第 17 页。
③ 陈平原：《中国小说叙事模式的转变》，北京大学出版社 2003 年版，第 242 页。

信仰和趣味，能类同本国精英文化话语，才能得读者的首肯与欢迎。对于文学作品的翻译，整个社会都持功利实用的心态，甚至怀疑原作的艺术价值，所以删译、改作者很普遍，甚至自以为改作高于原作。由于文化误读，晚清知识分子夸大了文学对西方社会发展的积极作用，开始主动积极师法对方的文学，或以促进政治改良、群众启蒙，或以侦探小说、言情小说颇能一新耳目、占领市场。翻译介绍西方文化成了颇受推重景仰的工作，高明的翻译家甚至被视为社会之导师，类似唐玄奘、严复。渐渐地晚清民初文人对西洋小说，开始有了表面的模仿与粗糙的移植，进而是自觉地、有分析地借鉴，最后才达到学习借鉴异质文化只是为了更好地独立创造的水平。当晚清作家学习揣摩西洋小说，创作出与传统文本大不相同的作品时，便意味着中国小说开始走出传统接近现代。

陈平原善于从各个角度、不同侧面来考察文学的演变，例如从不同时代对域外小说的翻译介绍，便很能看出文学观念的差异与发展。晚清文人多翻译长篇，而"五四"作家多翻译短篇；晚清多译侦探小说、历史传奇、科学小说、军事小说，"五四"多译社会小说；晚清多译通俗小说，"五四"多译严肃小说；晚清偏爱欣赏离奇有趣的故事情节，"五四"偏爱欣赏文本的审美效果与艺术技巧。

陈平原注意到小说发展的多重动力，他总是以系统思维、整体眼光注意到各种"合力"的存在，进而又以多元的视角来给出全面的评价。城市文化的发展、市民文化的发达是小说发达的基础，民族国家存亡的危机催生的政治、社会改革激情，带来了对小说唤醒国人、推动改革的期待。但社会经济发展、政治局势、爱国激情只是文学发展的外部因素，它有重要的推动作用，但也是有限的，常常还带来消极负面的影响。新式教育则给新小说的出现准备了作者与读者。小说市场、文学"商品化"、作家专业化对文学发展有重要的作用，以形式为中心的视角，使得研究者将其视为诸文化因素中影响小说演进最为重要的一个。小说发展的内在动力主要在域外小说的冲击与启示，以及传统文学整体的熏陶及"创造性转化"[①]。

由于小说市场的形成，催生了一批职业小说家。写小说收入颇丰，能养家糊口，也能成名成家，加上科举停开，更加诱惑文人立志创作。小说市场化使得作者必须迎合读者而不像过去那样载道代言。小说可以大卖其钱，作者便可能唯利是图、粗制滥造；但无须听命于权力与权威，也带来作家的独立、自由与叛逆，批判现实、宣泄不平类型的作品大为流行。迎合大众仇官、反政府心态的作品，深得读者欢迎，但常沦为堆砌话柄黑幕的速成低劣之作。因为读者爱看香艳尺牍，徐枕亚创作大量篇幅为言情尺牍的《玉梨魂》，虽然有时流于恶俗肉麻，但推动了书信体小说的译介与创作。读者、市场导向，最终导致不少作家堕落到为迎合读者而大量炮制黑幕小说，如后世网络小说般的类型化跟风模仿。[②]

新小说的书面化倾向给小说的叙事形式带来极大冲击。纸质出版物的形式使得传统章回小说的口述形式消亡了，作品的快速传播冲击了作家对作品的精益求精、传之后世的理想。传统的说书人模式采用全知叙事、连贯叙事，以情节为中心、通俗易懂，而现代的纸质小说则可以不再沿袭这些模式，更倾向于向内转、多义性、引人深思。阅读而不是听书，使得小说文本变得复杂曲折多了。小说书面化促成了"叙事模式的转变"，也催生了政治小说的好发议论、言情小说的堆砌诗词、谴责小说结构的集锦化。[③]小说好议论冲击了情节中心结构，好议论本身并无不妥，但其艺术效果取决于小说家的才能和具体文本语境，没人会认为陀思妥耶夫斯基小说中的长篇大论是累赘。同理，小说穿插诗词也看作者手段高低和具体文本的需求，《红楼梦》《金瓶梅》中的诗词令人百看不厌，但大量旧小说中堆砌的诗词则令人生厌。

① 陈平原：《中国小说叙事模式的转变》，北京大学出版社 2003 年版，第 246 页。
② 陈平原：《二十世纪中国小说史》（第一卷），北京大学出版社 1989 年版，第 88 页。
③ 陈平原：《二十世纪中国小说史》（第一卷），北京大学出版社 1989 年版，第 90 页。

系统思维使陈平原不是将各种动力和因素简单加减，他看到了各种文化因素之间错综复杂的叠加影响和连锁反应。也许研究者都能注意到文化的多元现象，不再囿于现代作家模仿西方范例的直接影响模式，以及因时代政治经济变动和传统文学变革而推动文学转变的自力发展模式，但陈平原在建立起"合力"说的同时，进一步建构起诸种力量相互错综影响的解释模式。[①]他从来没有简单断言外来文化和本土文化的直线单一的作用，他认为这些文化因素从来都是纠葛在一起，时隐时现地相互影响。外来影响与内部演进并不是两不相干的，而是缠绕在一起的。传统文学整体由俗到雅的位移，古典文学整体对作家的熏陶浸染，对近现代小说家必然产生影响，而这种影响又离不开外来文化输入后中西"对话"带来的对传统的重释与转化。[②]

对多元文化与合力的重视，使研究者注意到历史的过渡、空白、夹缝、混沌的存在，并给予补充、同情与合理的评价。陈平原还原了历史的原生态，又澄清了历史变迁错综复杂的真相与历程。从古典章回小说的角度看，晚清小说家不如前代，从现代小说叙事艺术来看，他们又不如后来者，但他们的半新半旧、半生不熟更有其难得的历史价值，他们是历史中间物，是旧文学的变体、新文学的先声，也使史家得以观察到文化变迁的各种细节和过程。

三、贯彻以形式为中心的视角：文学是以形式为中心的复合文本

在讨论小说发展的动力、小说文本的形态、作家创作心态、文学接受效应时，著者总是不忘从形式视角加以考察。虽然晚清小说重政治、好议论不足为训，但著者从形式着眼，指出当时小说文本中的议论和思想的丰富、热烈和新鲜，具有

---

① 陈平原：《中国小说叙事模式的转变》，北京大学出版社 2003 年版，第 241 页。
② 陈平原：《中国小说叙事模式的转变》，北京大学出版社 2003 年版，第 241 页。

一定程度的吸引力和感染力，与古典小说陈陈相因的板结固化的说教不同，古典小说的说教在形式上几乎没有什么作用了。陈平原特别强调西方各种类型小说对小说叙事形式的潜在影响，政治小说影响作家谈时事发议论，侦探小说、言情小说影响作家安排情节，社会小说启示作家将视角转向下等社会。发议论、视角转向下等社会等，不只是题材的变化和人道主义精神的表现，同时也意味着艺术形式如叙事视角、结构的变化。

对于中西文学给现代小说演进的影响，陈平原很注意社会文化因素和作家主体等因素，但更注重外部因素对形式的作用。外部因素的作用最终只有关涉到了形式层面，才真正成为文学变迁过程的一部分。

以形式为中心来考察文学史的演进，使得陈平原关注晚清小说结构的变迁及其对小说史的影响。晚清民初的长篇主要有珠花式、集锦式两种结构，短篇小说则有盆景化与片段化两种结构。珠花式结构追求的完整与变化的统一，实际上仍然是传统小说组织结构的方式，一方面有贯穿始终的主人公和连贯完整的情节，另一方面又追求复杂多变的结构。晚清民初流行的仍然是这种传统的"珠花式"结构及其"变体"。[①]部分小说家叙述一人一事，借鉴域外小说，以一人一事的儿女情长来写家国大事，以儿女情来结构小说。一人一事限制了小说的表现范围，所以另一批小说设置正反、主从、虚实并行的双线结构，如《瞎骗奇闻》中因相信算命而遭祸害的土财主和穷人两条线索，《孽海花》中金雯青夫妇和众名士两条线索。小说家有从表面上情节结构的完整性、统一性出发利用一人一事的，也有将这一人的性格、心理作为叙事的中心的，从而产生了新的、现代的叙事角度、方式和风格，使得传统的外在情节讲述转向了现代的内在心理剖析，传统的表面化的类型化性格转向了现代的复杂性格。

① 陈平原：《二十世纪中国小说史》（第一卷），北京大学出版社 1989 年版，第 125 页。

集锦式结构被鲁迅、胡适批评为短篇的不连贯的连缀，后来的研究者有的肯定其中各个故事以深刻的"语义"统一起来。①陈平原则重在梳理其为何独在晚清民初风行一时，分析小说形态流变之后的文化文学动力。集锦式小说多为一类故事的集合，其深层的主旨和叙述语调统一，如谴责官场，其结构与古代类书的编纂方式相似。清末民初小说家不少靠搜集逸闻逸事、串联实事新闻写成小说，因而结构不讲究，挖掘也不深。由于传统小说在晚清由边缘位移到中心，在这一过程中，各类文体都融进了小说文本中。忠奸对立模式的消解以及小说的书面化，都使得小说失去作为结构中心的情节而日益"片段化"。②报刊连载的传播方式使得小说不得不随写随讫，更导致了小说的断续残缺。这便使得作家致力于每一章节刊出时故事的自成一体，只是全书出版后便成了短篇的"集锦"。③

传统短篇小说在晚清已失去了发展的活力和动力，由于报纸杂志的发达和域外小说的影响，现代短篇小说在晚清至"五四"崛起成为 20 世纪中国严肃文学里最重要的文学体裁。由于晚清报纸杂志的涌现，产生了对短篇小说的大量需求，随后由于西洋文学的影响，作家体会到短篇小说的文体特质，对短篇小说的价值和地位有了新的认可。当时译介短篇小说的代表有周氏兄弟、周瘦鹃等，十来年间，莫泊桑的小说被译介有 12 篇之多，可见当时文学界的风气和眼光。传统短篇小说结构趋于盆景化，只是长篇小说的缩小或截取；而现代短篇小说结构趋于片段化，截取横断面而自成一个完整独立的艺术作品，是与长篇小说完全不同的具有独立特点的文体。较早的短篇如传记，概述人物的一生，或者如话本，追求完整的故事情节。较晚的短篇开始由措意于社会的大而全、历史的长时段转向截取横断面，逐渐弱化情节。晚清民初的短篇小说创作出现了叙事时间的创新，如

---

① 陈平原：《二十世纪中国小说史》（第一卷），北京大学出版社 1989 年版，第 131 页。
② 陈平原：《二十世纪中国小说史》（第一卷），北京大学出版社 1989 年版，第 149 页。
③ 陈平原：《二十世纪中国小说史》（第一卷），北京大学出版社 1989 年版，第 137 页。

倒装、穿插等。更为现代的实验是不再着眼于完整的情节，而是直接呈现平淡无奇的生活片段，作者期待读者能够品评情调氛围和审美风格。在鲁迅《怀旧》等文本中，叙述者持客观的个体立场，多采用限制叙事，不再叙述曲折的故事，而以几个场景画面的并置来暗示意旨。场面化与叙事性也有矛盾，场面化而失去叙事性质，便不再是小说，这是后来的作家也要遇到的难题。片段化的短篇小说在晚清民初并不多，但它是"五四"以后 20 世纪中国短篇小说主要的结构形式的先声，具有重要的首创意义。

四、多重语境中的小说评价标准

陈平原的小说史重在历史发展、形式演进的理论建构，而不以具体的作家作品为中心和线索，但在具体分析中，他有对作家作品的精当评价。陈平原的文本评价的最大特点是时刻注意作品的多重语境，顾及文本的正反、新旧、内外、多重价值，他总能揭示每一个文本在历史时空当中的多重形象与多元性质，文本有其消极和积极、现代与传统、形式与文化、一时与后续的多种意义。他指出晚清民初小说的雅俗互动并存性质，这一阐释评价范式对其他非过渡、转折时期的文学也有启示价值，因为多元才是现代人所体会到的世界的本质属性。

传统小说基本上是通俗文学，不登大雅之堂，虽然《红楼梦》《金瓶梅》等为文人雅士所称赏，但整体上小说仍是俗物。晚清人自王国维、梁启超等人开始，均以小说戏剧为文学之正宗，开始贬抑正统的诗文；又以西洋小说为改良政治民生之利器，欲以域外小说为楷模改革本国文学。当时的外国小说以侦探小说等通俗小说势力最大，严肃小说影响力甚微，因而改革所师法的范本便是等而下之之作了。由于功利主义思维，改革者倾慕俗文学启蒙群众的魔力，而忽略了纯文学，对侦探小说的叫好则是保守倒退的趣味，因为晚清人以情节离奇有趣为文学的上乘。因此晚清的求雅是出于政治功利意图，他们要在小说中注入爱国图强的精神和新的知识，政治小说和科学小说的确完全不像过去的章回小说，如此形态的小说简直拒下层群众读者于门外了。这些小说的作者也是传统知识分子转化而来的新型人物，以社会改革家、人类导师自命，高高在上的精英姿态也影响到写作。晚清人的求新往往也是出于保守的审美趣味，这都是传统的思维模式，小说形式的转变只是不自觉的副产品而已。

文学追求雅到极端便转向"极俗"，陈平原认为雅俗两极的力量是均衡的。[①]新小说起初陈义过高，在一部分新知识分子内部倡言改良群治、移风易俗，脱离普通读者，后来为了赢得市场、取悦读者，便诲淫诲盗，只为游戏消遣。初期新小说普遍出现模式化的国家话语、宏大叙事、启蒙主义，后期新小说表面上也紧跟时代步伐，时时不忘宣传说教，但为了赢得市场，本质上却是游戏消遣的。正如俄苏形式主义者的陌生化理论所指出的，厌倦了教化的读者，自然欢迎消闲的小说。初期新小说为移风易俗而竭力通俗，其实质却是过雅，后期新小说竭力包装关心世道人心，其实质却是牟利与媚俗，哀情小说与黑幕小说正是如此。

晚清民初少数论者超越功利主义的文艺观，坚持艺术的独立性，如周氏兄弟、王国维等。黄人、徐念慈等人则反对将文学作为政治的工具，既重视文学的社会价值，又正视文艺的娱乐、情感性质。但一意追求艺术独立性"脱离读者大众"，在文学市场并没有成功，如周氏兄弟早期的理论和译作。[②]由此股潜流支派发展到"五四"小说，既反对教诲、消闲，又坚持文学的社会使命和独立的艺术价值。至此雅俗开始分流"并存"，作家与读者及市场也进一步分化，作为晚清小说否定

---

① 陈平原：《二十世纪中国小说史》（第一卷），北京大学出版社 1989 年版，第 109 页。
② 陈平原：《二十世纪中国小说史》（第一卷），北京大学出版社 1989 年版，第 120 页。

者的"五四"小说，是严肃、高雅、小众的，而晚清小说则后续演变为以章回小说形式为主的通俗小说[①]。文学史里的雅俗文学，总是既对立起伏，又互动融合、交织转化。

晚清民初文学语言的文白并存与竞争消长是这一时期多元文化的表征。语言是文学文本的本质、主体成分，晚清民初小说的文白并存与竞争，既与小说家的审美追求与趣味有关，更是时代的社会文化变迁的表征。由于当时人注重文学的社会功用，所以通俗易懂的白话小说地位高于文言小说。由于明清章回小说的繁荣发达，小说语言表现力很强，这也增加了白话小说的威望。随着晚清白话文运动、启蒙运动的展开，白话作为启蒙大众的工具，更进一步受到推崇。但白话被当作宣传、教育的工具，常被强调的是它的工具价值，而忽略了它的审美表现能力，所以文言在部分对审美效果有追求的作家那里仍受重视，晚清文言小说成就不低。文言表达深奥玄妙、严密精确的思想颇有其长处，而白话有时显得浅近粗糙颇不堪用。文言优美含蓄，白话生动活泼，作家逐渐开始兼收综合两者之美。尽管 20 世纪中国文学史上文言销声匿迹，白话一统天下，但后来的白话融合吸收了方言、文言、"西洋句式文法"等多种成分[②]。

晚清白话小说为求通俗、广为传播，其语言以官话、明清白话小说为基础，进一步浅白化了。文白夹杂、新旧交替的时代，小说家逐渐追求文体的纯净，尽可能文白分离，不夹诗文，不用套语滥调。文言白话各有所长，要达到小说描写曲尽情致，需要文白并采。白话描写细腻、真切、曲尽其妙，但叙述语言和人物对话混同，人物语言失去个性。说书人夸大其词的口吻，加上白话的恣肆，带来了晚清小说的辞气浮露、夸张失实。文体风格鲜明的小说家大都兼采并收文白之

① 陈平原：《二十世纪中国小说史》（第一卷），北京大学出版社 1989 年版，第 122 页。
② 陈平原：《二十世纪中国小说史》（第一卷），北京大学出版社 1989 年版，第 163 页。

所长。李伯元、吴趼人承续说书传统，更采弹词、笑话成分入小说，刘鹗、曾朴采用章回小说形式，更多文人文学的色彩。晚清人有方言写作的意识，但由于影响传播，方言小说虽然生动传神，但并不多见。用官话作小说，有利于传播，但未免单调。而京话间于两者之间，所以"京话小说"作品较多。[①]

晚清文言小说林纾影响很大，他的小说主要"浸润唐人小说之风"[②]，既不如严复之高古艰深，也不像梁启超平易近俗，所以广受欢迎。林纾用古文传达滑稽诙谐风味，善用碎屑风趣之笔写蠢状，又善用古文抒写儿女情长。古文简练，小说需铺叙，一些小说家于是师法传奇的铺叙和白话小说的琐碎，创造兼容变通的文体。白话小说热衷于铺陈荒唐时事，宣传新学知识，而古文小说讲究情致趣味，颇多状景写情之文。古文小说写景虽能暗示氛围和情绪，但成语辞藻往往掩盖了山水的个性特点。晚清过渡时代，文无成法，小说家有用骈文作小说者，以迎合青年对缠绵爱情与香艳文辞的爱好。中国文人本来对纯粹形式有嗜好，讲究推敲语言的音韵辞藻。可以理解他们对纯粹的文学性的追求，但将文学性理解为骈俪堆砌的形式，这是误入歧途。骈文小说糅合古文的叙述和骈文的描写，文体有错落变化之趣。读者所欣赏的不是情节，而是流连赏玩其语言风味和形式技巧。但骈文小说最终因"重复繁冗"而难以为继。[③]

晚清小说语言和文体无疑受到外国语言以及译本语言的影响。标点符号取代了欤耶噫嘻，句式也产生了变化，又在中文中杂以西文特别是满纸"之"字的东洋句式。译本文体对晚清小说影响最大的，还是"新名词"、新概念的输入。[④]"五四"承续晚清的事业，在白话文运动中进一步欧化和口语化，并糅合文言成分，通

---

① 陈平原：《二十世纪中国小说史》（第一卷），北京大学出版社 1989 年版，第 173 页。
② 陈平原：《二十世纪中国小说史》（第一卷），北京大学出版社 1989 年版，第 177 页。
③ 陈平原：《二十世纪中国小说史》（第一卷），北京大学出版社 1989 年版，第 184 页。
④ 陈平原：《二十世纪中国小说史》（第一卷），北京大学出版社 1989 年版，第 189 页。

过天才作家的创造性运用语言，最终使现代文学语言和小说文体建立起来。

晚清文人面对选择的困惑，新旧、中西与正统文化和非正统文化之间的对立令他们无所适从。陈平原从整体结构的视角发现，思想的困惑、文化的冲突反映在晚清小说的主题和题材上，体现为官场小说中的"忠奸对立"模式的消解和"官民对立"模式的转化，以及情场小说中"无情的情场"和"三角恋爱"模式。

晚清官场小说、谴责小说盛行，其最重要的特点是没有好官，不像明清小说爱叙"忠奸正邪"的对立。[1]小说家痛骂官场，也痛骂人世。官场没有好官，好官早就被陷害了，况且，即便有清官，也伤天害理，比赃官更可恨。这使得官场小说失去了中心矛盾和高潮，失去了整体感，导致了怪现状一幕接着一幕地转换呈现，也导致了官场小说的漫画化和类同化。官民对立模式也转变了，受西方小说的影响，晚清出现了虚无党小说。革命道德化的思潮，侠客的传统，使得小说家赞美刺杀，然而民主平权的主张，使得"'官民对立'"仍然没有成为小说的普遍模式。[2]痛骂官场和人世，导致小说中多有传统的佛老隐逸出世模式，而佛道本身并没有成为小说所歌颂的解决危机的理想途径。新小说里没有真正的对官场的反抗，因为所谓的维新志士只是官场候补而已。

晚清情场小说却是无情的，或者是政治小说中的为了政治而升华牺牲情感，或者是哀情小说中的为了礼义名教而灭绝情感，或者是狭邪小说中的为了金钱而买卖情感。政治小说中革命男女要灭四贼，"灭内贼抛弃夫妇儿女、灭下贼绝情遏欲"[3]。而所谓哀情小说所写高尚纯洁之情，乃是以忠孝节烈来压抑抹杀个体感情。

---

① 陈平原：《二十世纪中国小说史》（第一卷），北京大学出版社1989年版，第195页。
② 陈平原：《二十世纪中国小说史》（第一卷），北京大学出版社1989年版，第201页。
③ 陈平原：《二十世纪中国小说史》（第一卷），北京大学出版社1989年版，第212页。

五、抽象的理论范型如何解释复杂、丰富的史实

抽象理论与具体文本、混沌史实是常常冲突的，史家常犯的错误是或者缺乏史识淹没在浩如烟海、众声喧哗的史料中，或者无视史实，简单独断地强加标签于历史进程之上。陈平原建立的是复杂的、多元的、系统的解释模式。在空间上，他顾及中与西、中心与边缘；在时间上，他注意到古与今、历时与同时、直线与多线、单线与重叠、前进与回流；在文化上，他兼收雅与俗、官与民、士与商；在解读上，他辨析表与里、似非而是、似正实反。域外小说影响作家创作是人尽皆知的，晚清文人翻译了诸多西洋小说，但只有一些文本对本土小说叙事产生了实质性影响，而且对不同时期、不同作家的影响又不尽相同。现象是混沌的，需要研究者的抽象概括与梳理来理清线索与格局，但同时又要避免理论的简单片面导致对历史真相的偏离。陈平原指出域外小说对本土创作的影响先后在主题、情节、题材、叙事方式等四个方面，但这并不是截然分明的四个独立阶段，而只是借此照亮这一借鉴过程是从小说形式的"外部"逐渐向"内部"深入的。"茶花女"的形象与故事深入人心，被小说家普遍引述或借用，出现了很多模仿的作品，但《茶花女》的叙事方法和经验却没有人借鉴到位。[1]那么多的茶花女式的小说，情节离奇复杂，但人物的感情与心灵却越写越单薄空洞。

克服视角的"简单"和"表面"，超越理论范型的惯性与限制，陈平原总是尽可能从浩瀚史料中还原历史的本质与实相。[2]一些作家作品在当时红极一时，有些又如昙花一现，但史家的任务在辨析哪些只是匆匆过客，而哪些尽管默默无闻，却仍然产生了实质性的影响，哪些虽然久负盛名，其实与文学的演进却毫无交集。例如被视为最伟大小说家的伏尔泰，在晚清却从未译过他的作品，但他作为通过写

① 陈平原：《中国小说叙事模式的转变》，北京大学出版社 2003 年版，第 47 页。
② 陈平原：《中国小说叙事模式的转变》，北京大学出版社 2003 年版，第 237 页。

小说以针砭时弊、促进社会进步的范例，的确影响到晚清的政治小说潮流。哈葛德作品被翻译有 32 种之多，但对作家创作没有影响。茶花女与福尔摩斯是在晚清真正产生普遍强烈影响的文学形象，但前者并没有给中国小说家以创作的启发，而后者则催生了侦探小说类型，刺激中国作家模仿学习其叙事技巧。对于文化误读，陈平原也指出了原因，如译本的不忠实，日本作为文化桥梁的影响，更主要的是接受者自身的期待视野的限制。对于域外小说的传入起重大作用的，不是论者盛赞的政治小说、科学小说，而是侦探小说。前两者满足了知识分子改良社会、教化民众的意愿，但只有侦探小说才真正满足了中国人对曲折离奇故事的喜好。所以侦探小说虽然对域外小说的传播起了重要作用，但它对晚清的小说叙事艺术却产生了副作用。政治小说的说教宣传虽然是老调重弹、不足为训，但其好发议论却又冲击了传统的情节中心模式。晚清文人误以为西人小说都是写一人一事，但这种误读有助于小说家尝试新的叙事角度。陈平原一方面不以主观视角和评价遮蔽史实，另一方面对任一对象又都能从多方面给出合理评价和批评。

基于对史料的丰富积累和理论思维的敏锐，陈平原善于提炼共相。晚清小说家各富其个性，文学现象又纷繁复杂，但陈平原拈出"刊物"一项，发现以刊物为中心，大体上形成了不同的群体，如或者注重政治启蒙，嗜作政治小说；或者注重承续传统，择取西洋小说技巧，多作谴责小说；或者通外语与西学，重翻译与介绍西洋小说；或者注重形式，实验新的叙事方式；或者用骈文著长篇，多作言情小说[①]。

---

① 陈平原：《二十世纪中国小说史》（第一卷），北京大学出版社 1989 年版，第 16 页。

第三章　影视文本细读

　　影视是综合艺术，是文学元素与视听元素的结合，但其本体是镜头及其组接。文本细读、语境分析、跨学科研究不仅可用于分析影视的文学层面——文学元素与视听元素的联合，更可用于分析影视镜头语言的形式、意蕴和文化语境。

第一节 多声喧哗与文本痕迹：
《泰坦尼克号》中的女权主义

作为多义文本和多层语境构成的影视作品，吸纳、渗透着时代、文化、个体不同层面、立场、角度的诸多声音。电影《泰坦尼克号》高扬自由、平等、反抗、审美、女性权利，但在本质上，这是一个男权中心文本，以男权价值为标准构造英雄，处处渗透着男性优于女性的偏见，"男性就是人类的绝对标准"①，它是美国二十世纪八九十年代女权主义衰落、保守主义回潮的一个表征。

影片以男性中心的视角，刻意展示了女性的"恶德"。特别是罗丝的母亲鲁思，几乎是女性恶德和资本主义父权制下女性奴隶性的集大成。她视女性为男性买卖的货物，女人"上大学的目的是为了钓金龟婿"。为了家族的虚名和自己的享乐，鲁思残忍地牺牲女儿的尊严和幸福。她缺乏母性爱以及对生命的关爱，最后尽管救生艇上还有空座，也不管女儿死活独自逃生。父权制下女性的依附性、被动性，幼年时期在家庭中就开始内化形成了。在罗丝决定压抑自我顺从"购买者"卡尔而拒绝杰克时，从一旁的餐桌上，她发现了一个幼年的"罗丝"或"鲁思"：一个四岁的小女孩正在母亲的指导下乖巧地演练贵族礼仪，就像一只笼中鸟被人训练它的鸣啼——将来好等待"金龟婿"来采购。

① [法]西蒙·波伏娃：《第二性》，陶铁柱译，中国书籍出版社1998年版，第10页。

影片中还有几个"健康"的女性，然而她们的"健康正常"却源于其男性化，因此，这些正面女性形象反更暴露了影片强大的男权偏见。其中的玛格丽·布朗是显在的男性化，包括身体、行为和思想。她不像一个女人，也不能变为一个真正的男人，所以遭受船上几乎所有女人的轻蔑和排斥。她侠义、善良，热心帮助杰克对付有产阶级贵族的羞辱，力主救援那些在冰水中哀号求生的人。但这些侠义行为都表现为男性化的形式：女性道德的完善是以男性化为前提的。

另一个"健康正常"的女性是罗丝，她是影片的正面主角之一，但在她那里却更强有力地体现了男权文化的潜在支配：她只是男性英雄主义意识形态的一个影子，她的全部价值产生于对于男性的追随与模仿。

在这里，女性是弱者、被引导者、被拯救者，是"缺乏理性的创造物"[①]。对罗丝而言，泰坦尼克号是"奴隶船"，她是被押送的"奴隶"。在未与杰克联合之前，她"感觉就像站在悬崖边"，又像是"沉到底了"，是杰克拯救了她：首先劝说她不再投海轻生，然后又给她注入勇气和自由精神去追求真爱，最后给她从海难中活下来的信仰。表面上，罗丝富有自由精神，敢于蔑视和抵抗男性的权威，拒绝做一个被男性买卖的对象。但本质上，她还没有摆脱对于男性的依附，只是在男人的引导、教化下才赢得了自由。女性是幻想者，而男性则是行动者，罗丝向往自由自在的生活，但止于想想而已："说我们会去那码头，哪怕只是说说。"杰克则斩钉截铁地回答："不，我们一定会去。"在他们的爱情中，罗丝是被动的，正如刚认识时，杰克救她时所说的："我抓住你了，我不会放手的。"是杰克缔造、坚守了他们的爱情，是这个笼中鸟式的女人被男人"抓住了"、解救了。

影片处处表现男性对于女性的"解放"和"启蒙"。女性的肉体是被束缚的，穿胸衣时，罗丝丰满的肉体被她母亲用带子狠狠地捆缚起来。而在杰克那儿，她的

---

① ［美］约瑟芬·多诺万：《女权主义的知识分子传统》，赵育春译，江苏人民出版社 2002 年版，第 4 页。

身体得到解放，她可以穿和服，可以赤裸着被杰克画像，也可以穿上男人的服装到处跑。罗丝说"那是我一生最性感的时刻"，这意味着女性的身体只是在男性的目光注视下才焕发美和性感。在性的关系里，罗丝看似落落大方采取主动，但实际上导师还是杰克，是他"循循善诱"、洞察人情激发了她的自由欲望。而到了关键时刻，她仍然回归了传统的女性角色，期待男性的主导和支配。女性是附着在土地上、沉重下坠的生物，而男性是轻灵的、自由飞翔的精灵。杰克在泰坦尼克号开始全速航行时，站在船头张开双臂似乎在展翅飞翔。而罗丝第一次站在栏杆上时却是想投海，后来在杰克的引导下再度站上去时，才体验到飞翔的感觉，她是紧闭双眼在杰克扶持下站上去的。女性自由飞翔的体验，只是在男性的指引下才获得，正如杰克所哼唱的："约瑟芬，上到我的飞行器，我们一起飞上云霄……"这与卡尔在餐桌上理所当然地代表罗丝说，"我们俩要羊排"，同样都是男性的霸权、女性的依附。再如三等舱聚会上，罗丝挑战角力男子，以双脚拇趾竖立起来支撑全身，但最后还是倒在杰克怀中。

影片中还有两处找钥匙的场景，一次是罗丝寻找手铐的钥匙，一次是杰克和罗丝被困在海水灌涌的船舱中，寻找铁门的钥匙。前一次是罗丝在杰克的指引下寻找，后一次是杰克泅进水中摸索钥匙。根据精神分析学的理论，钥匙是男性的象征，而锁则是女性的象征。这意味着在罗丝和杰克的关系中，男性居于强有力的主导地位，而女性则是崇拜、跟从男性的被动者。

而在生命最危急的时刻，女性更是弱者，只有在男性的救助鼓舞下才能逃生，女性在身体、力量、智慧、意志上都成了"第二性"。在海难中快要被冻僵时，罗丝打算放弃求生了，但在杰克的鼓励下，她坚持到了被救起。罗丝自己是没法支撑到获救的，只有杰克才能给她活下去的信仰和力量。女性常常易于放弃，她们软弱无力，男性则是刚强有力的生物，女性必须跟随、服从男性。

　　此外，更重要的是，罗丝的英雄气质都源自男性化，她有强烈的变为一个男性的冲动——最严重的女性歧视还不是男性歧视女性，而是女性内化了男权文化，自己歧视自己，鲁思和罗丝只不过是内化男性霸权价值的两种不同类型而已。卡尔点菜，"我们俩要羊排"，当仁不让地代表罗丝，罗丝则针锋相对说自己喜欢的是"香肠"，用俚语中的猥亵词汇表示反抗。当船主伊士美宣扬巨轮的硕大和力量时，罗丝引用弗洛伊德的性象征理论粗鲁地讽刺，却又一次体现了潜在的penis envy，正如毛莉所说："She's a pistol（枪）"。这暗示她渴望扮演一个男性，变成一个男性，以过度地表现咄咄逼人的男性攻击欲予以补偿。当监视者洛夫乔伊追赶她和杰克时，她向这个恶棍竖起中指。在三等舱的狂欢聚会上，罗丝摘下角力男子嘴上的卷烟，则是对卡尔在餐桌上粗暴地摘下她正吸着的烟的模仿。又一个具有说服力的细节是罗丝向杰克学习吐口水，像男人一样地吐口水，像男人一样地骑马，"跟男人一样嚼烟草"。罗丝死活不肯学吐口水，是杰克强行拖她学会了，这也是男性对女性的驯服，最终她所学会的，正是男性征服的内化。

　　面对卡尔和杰克，罗丝遇到了两类男性的压制：一类是卡尔式的男性在经济和暴力方面的统治，这类压制容易引起反抗；一类是杰克式的男性在理智、勇气、道德、生物能力、文化等方面的压倒性优越，这是更为本质的男权，意味着男性比女性高等，这类压制却常常使女性自动顺从。事实上，在这两类压制面前罗丝都屈服了。当她与杰克的交往被发现时，卡尔的暴力和她母亲关于男性财富力量的说教，都使她屈服了。她后来对卡尔的反抗，缺乏女性的主动性和内在力量，只是在杰克的鼓动下充当反抗者杰克的影子。

　　在给罗丝的遗言中，杰克暴露了他的男权立场："你要生一大堆孩子。"女权主义理论家阿特金森认为，女人的定义以及她们所继承的身份有利于男性霸权社会的永久存在，而女人的定义是按她们在一个以男性为中心的社会中应当履行的职能来界定的，那就是生育。事实上，杰克获得了一个奴隶罗丝，以赢得他的男权地位，他处处体现出一种伟岸的"男子气概"，而这种气概是以罗丝的归顺和依附为营养和支撑的："男人的'男子气概'是与他以自我压倒女人的自我能力成比例的，不仅如此，他还从中获取了他的力量和自尊。"罗丝最后主动跟随杰克姓，认为杰克"彻底地拯救了我"。卡尔从罗丝那里得不到的女性的依附，杰克得到了，因为杰克正是罗丝所内化的那种父权制秩序里的男性英雄，她的成为那样一个男性的梦想借杰克得到了实现。男性也因掳掠、征服女性奴隶的实力和业绩而成为英雄，卡尔和杰克为了罗丝而战斗，正如阿伽门农和阿喀琉斯为女奴而战斗，而不同之处则在，上古时候的男性只想占有女性的身体和所有权，现代男性则更想占有女性的心灵和信仰。就连杰克死后，罗丝也是活在他的阴影里，做着他交代的所有事情，遵循杰克"享受每一天的生活"的箴言而漫游各地，在自己身上延续杰克的生命、思想和意志。

男性对女性的压制，与社会阶级的压迫结合在一起；男性对于女性的统治地位，也与他们的经济地位、购买力相关。所以在鲁思指出男女两性的不公平，女性只能压制自己接受父权制秩序的时候，影片马上切到杰克去上等舱找罗丝却被警告："你拿的是三等舱的票，到这里来不太恰当。"女性所归顺的那个秩序既是男性凭金钱实力压迫女性的秩序，同时也是有产阶级凭金钱实力压迫无产阶级的秩序。

《泰坦尼克号》获得了多项奥斯卡奖项，创造了美国电影史上的票房神话，体现了美国社会主流价值的变迁。二十世纪八九十年代，女权主义运动低落，美国社会公众更多地认同男性中心，回归父权制的保守传统。在海难中，妇女与小孩成了优先救助的对象，这本来体现了男性的崇高和人类生存的智慧，然而鉴于整个影片的男权中心语境，女权主义者对此却读出了令女性愤慨的潜台词：女性离不开男性的扶助、呵护和指引，是一类如儿童一样软弱无能的生物。

第二节　艺术载体与表意符号：

《泰坦尼克号》中的电影修辞

　　艺术符号是形象多义的，电影语言符号往往利用修辞手段组织起有意味的形式。电影主要的表现手段有镜头、蒙太奇、景深、音响效果、对话等，为了达到较好的艺术效果，电影在使用这些手段时可以进行各种各样精心的安排，就像语言文学中使用修辞手法。[①]《泰坦尼克号》成功使用了各种电影修辞，使影片具有一定的经典性。

　　反讽是人类各种表达手段中最常见的修辞方法之一，常常是言在此而意在彼，实际含义强烈地冲击表面意义[②]。《泰坦尼克号》特别注重追求反讽的效果。一是反讽蒙太奇。络维特为了应付公众的质问，借发掘古代艺术的幌子，以打捞到的罗丝当年的画像来为自己的探宝掩护："难道这应该永远留在海底？"其实他本意只在罗丝颈上的钻石项链，下一个镜头里罗丝打电话劈头就问"海洋之心"（钻石名），把他震住了，这是一重反讽。然而，真正不应该留在海底的不是什么钻石，而是海难带来的关于人类命运的思考和杰克等人所体现的人类的崇高心灵，所以后来"画中人"罗丝将钻石再度扔入海洋，这是第二重反讽。二是反讽镜头。

---

① ［荷］扬・M.彼得斯：《图象符号和电影语言》，一匡译，中国电影出版社1990年版，第29页。
② ［英］米克：《论反讽》，周发祥译，昆仑出版社1992年版，第43页。

中景里卡尔和船员文质彬彬地交涉，付不菲小费托船员安置行李，船员客气的话还在说着，卡尔的贴身仆人洛夫乔伊却一把将船员拽过去，毫不客气地下指令搬这搬那。洛夫乔伊才是卡尔真实的灵魂——贵族派头、文雅举止之下实际上是颐指气使、势利冷酷。三是台词和名称中的反讽：卡尔上船前声称要"照顾女士"，其实他是个歧视女性、自私自利的坏蛋。洛夫乔伊（Lovejoy）的名字是绝妙的反讽，卡尔派他严密监视自己的未婚妻罗丝，卡尔恐吓、辱骂、栽赃、谋杀，手段用尽，罗丝和杰克还是在洛夫乔伊眼皮底下逃走，尽享爱的欢乐（lovejoy）：Lovejoy 对于 lovejoy 恼羞成怒。

影片也常常借鉴音乐技巧，精心安排主题性镜头、画面或台词反复再现。如影片的主角和一些重要配角便都在起航之前出现。再如泰坦尼克号的船头及栏杆，而老年罗丝观看探宝船上复原的泰坦尼克号模型时，第一眼就盯着船头栏杆，影片中主要角色的几次重大经历都发生在这儿：首次出现是在探宝队的视野中，以仰、摇、俯镜头呈现在海底长满腐蚀物的船头；泰坦尼克号全速破浪前进时，巨轮溅起四散的水花，成群的海豚在船前跃出水面嬉戏，杰克站在船头栏杆上欢呼、展开双臂好像在飞翔；罗丝在船头找到杰克，接受他的爱，两人比翼双飞体验飞翔的感觉，接着叠化为沉船荒凉的甲板和船头；杰克与罗丝在货舱中汽车上拥抱，化入破浪前进时船头的俯拍；罗丝叙述完海难的经过，最后遗憾于连一张杰克的照片也没有，见证他们爱情的船头再度出现在荧幕上。此外，船长品茶的镜头，豪华气派的楼梯间，罗丝使用过的手镜、上缀碧玉蝴蝶的乌木梳等也多次出现；船尾等镜头、"You jump，I jump"等台词，也是重要的再现。

影片在镜头运动和画面关系中广泛使用对比，其中脸部特写及近景的对比使用最多。一是刘易斯轻薄得意地解说泰坦尼克号的沉没，与灾难的恐怖极不相称，他绘声绘色、兴致勃勃的脸与罗丝屏住大气、似乎痛苦地痉挛的脸，构成对比。二是卡尔将钻石项链戴在罗丝的脖子上，近景中，他得意、充满期待而又惴惴不安的脸，与罗丝面无表情的脸。三是伊士美催促船长加速，向世人炫耀泰坦尼克号的速度，一心只想泰坦尼克号首航上头条新闻，急功近利、铜臭逼人的近景；海难后却溜进妇女座中逃生，心虚胆寒、苟且偷生的近景。四是三等舱狂欢聚会罗丝大杯痛饮啤酒，回到"宫殿套房"面对卡尔，很不自在地举起咖啡杯停在嘴边。

影片广泛使用对比镜头。一是罗丝乘坐汽车的镜头两次出现，上船前罗丝仪态万方地由人从雷诺汽车上扶着下来，先俯拍后仰拍；船上她和杰克逃跑到货舱，在雷诺车旁杰克扮演了扶罗丝上车的一幕，先仰拍后俯拍。这一下一上，意味着罗丝毫不在意地舍弃了奢华的生活，真诚热烈的爱情轻松战胜了物质、阶级、舆论等一切障碍。二是船顶走廊上，罗丝说杰克没钱怎么能自由自在，杰克满不在乎地以靠手艺漫游而自得，镜头中人们沐浴在灿烂阳光中；上等舱豪华的"宫殿套房"里，鲁思再次表露无钱的巨大压力，强迫罗丝嫁给卡尔，哭诉自己不能去做一个女工，两人包裹在阴影里。

对比蒙太奇。一边是撞到冰山后管理层的巨大担忧和紧急应对，人类遇到灾难的大悲剧；另一边是卡尔处心积虑栽赃陷害杰克，资产阶级家庭中性和阴谋的喜剧。比较重要的对比蒙太奇还有：三等舱的热烈、真诚、和谐与头等舱的机械、虚伪、冲突，锅炉房工人们辛勤火热的劳动与头等舱的奢华享乐，海难中逃生的人们或高贵或卑下等各种表现的对比，老年罗丝和青年罗丝的外貌、眼神的对比，等等。

镜头、蒙太奇等的象征和隐喻也在《泰坦尼克号》中得到广泛运用。象征和隐喻也是言在此而意在彼，但深层意义与表层意义互相生发而没有冲突。

镜头中作为象征和隐喻的物：一是被打捞上来的手镜和罗丝当年使用时一模一样，珍藏在她心中的杰克以及当年的一切更是永远和生时一样。二是玛格丽·布朗称杰克赴宴是"羊入虎口"，席间碟子里有一勺鱼子酱，接着鲁思边阴险地问道"你住哪里，道森先生？"边将一条糕点伸进嘴里，仿佛杰克就是那一碟鱼子酱供人吞食取乐。三是杰克被拷在底舱中，罗丝几番寻人帮助不果，灯突然熄灭，只存一点微弱的黄光，她的希望也摇摇欲灭。

镜头中作为隐喻和象征的人的行为：一是老罗丝随直升机一同运来的行李居然还有盛着水游着金鱼的鱼缸、宠物犬，可见她的享乐生活，这主要是出于杰克"享受每一天的生活"的影响。二是鲁思警告兼哀求罗丝不要再与杰克往来，说妇人不能爱怎样就怎样，然后狠狠地给罗丝系上胸带，紧紧地捆缚起来：女人就应该这样绑起来以恪遵妇道。三是发觉海难的严重性后，船长下令发电报求救，他取下自己的船长帽，片刻再戴上，这暗示着他对不起自己的船长称号，不能正常退休。四是看守杰克时，洛夫乔伊在桌子上玩滚子弹的游戏，这意味着他是一个视人生死如儿戏的恶棍，他不需要开枪打死杰克，却把手铐钥匙带走，因为船会沉没，杰克将和巨轮一道葬身大海。

蒙太奇中的隐喻和象征。一是罗丝决定压抑自我顺从"购买者"卡尔而拒绝杰克，接着的一组镜头是，从一旁的餐桌上，她发现了一个幼年的"罗丝"：一个四岁的小女孩正在母亲的指导下乖巧地演练贵族礼仪，日后等待"金龟婿"来下钓。二是杰克和罗丝慌忙逃跑到锅炉房，那里热火熊熊，工人们汗流浃背，正如他们心中燃烧的激情，罗丝飞动的白色长裙和他们青春欢乐的笑脸，正是其中两团最热烈的火焰。三是造船专家安德鲁最后决定与船共存亡，在头等舱吸烟室里，他打开壁炉架上挂钟的外壳校准挂钟的时间，这意味着一切都必须纠正过来才能防范灾难。然而，在他校准时钟的同时，一只杯子从倾斜的桌面上滑下来：一切都太迟了。

第三节　资本霸权与欲望失控：

情绪资本时代的影视粉丝文化现象

艺术现象和文本是时代文化潮流和个体心理的表征。在当代大众影视文化中，很多影视剧即算是粗糙低劣至极，但只要有魅力超凡的当红明星偶像担纲出演，便仍然能获得巨量忠实粉丝的尖叫和眼泪。

尼尔·波兹曼在《娱乐至死》里发出警告，在电视文化时代，如果一个民族的文化生活只是没完没了的低俗娱乐，人民堕落为被大众传媒所支配的受众，而一切公共事务形同儿戏，"那么这个民族就会发现自己危在旦夕，文化灭亡的命运就在劫难逃"[①]。类似波兹曼这样的警告被淹没在娱乐产业制造的狂欢和喧嚣当中，一些狂热的粉丝对此充耳不闻，在这个情绪资本、偶像产业、消费主义、大众传媒合谋而主宰一切的时代，影视粉丝文化现象的出现有心理、社会、经济、审美等多方面的必然性。

一、情绪资本时代影视粉丝情感的生产机制

影视产业、偶像工业具有情绪资本的性质，它们通过满足、制造、操纵消费者的情绪来获取利润。凯文·汤姆森在《情绪资本》一书中指出：在以情绪、情

---

① ［美］尼尔·波兹曼：《娱乐至死》，章艳译，广西师范大学出版社 2004 年版，第 202 页。

感为基础的体验型经济时代，情绪也是资本，"内在情绪资本"存在于企业员工的内心，是创造财富的巨大动力，"外在情绪资本"存在于顾客的内心，[①]消费者的情绪感受成了生产和服务的重要目的，企业致力于为顾客提供消费过程中的"快乐""幸福"和独特体验。体验经济既满足顾客本有的情绪感受，又开发制造新的情绪体验游戏，它不只是迎合消费者，而且塑造出消费者，塑造消费者的梦想、幻觉、情感、欲望和"需要"。[②]影视业作为万能的梦工场，在情感的制造、体验的生产上拥有无与伦比的技术力量，通过影像梦幻的魔力，它能在地上建立天国。数量庞大的影视粉丝是情绪资本一个巨大的市场。

影像情绪资本的力量和成功源于当下的道德心理困境。当下社会的道德危机与心理焦虑日益加剧，信任感、安全感日益匮乏，人们迫切需要情感的慰藉和压力的释放。于此，诸多情感类型片可谓对症下药，它们刻意制造不附带任何条件、不掺杂丝毫杂质的温暖、信任与纯情，因而极大地填补了受众情感的饥渴和心灵的匮乏。

当下影视的情绪资本本质决定了影像产业只管生产情感，满足情感，从而创造利润，其余便与其无关了。影视情绪资本敏锐地发现，在当下心灵极度匮乏的时代，影像市场最需要的"商品"和"服务"是纯情、信任和付出。因此，消费者看到了《山楂树之恋》所着意打造的纯情世界，镜头集中于青年男女不带一丝尘渣的爱情，过滤了一切世俗的功利、欲望与阴暗，纯粹的人性和爱情超越了家庭出身、社会地位。这个纯情的乌托邦也排除了当时残忍愚昧的社会现实因素，因为老练的影像情绪资本很清楚当下市场需要的是什么。影片满足了受众的情感需求，为避免冲淡对纯情纯爱的投入体验，自然将当时严酷的社会现实也过滤了。

---

① [英]凯文·汤姆森：《情绪资本》，崔姜薇、石小亮译，当代中国出版社2004年版，第5页。
② [美]马尔库塞：《单向度的人》，刘继译，上海译文出版社1989年版，第6页。

影视产业迎合、制造情感，往往利用偶像崇拜，操纵受众的病态心理。越低级的欲望便越是强有力，越基本的需求便越是必须予以满足，在欲望和现实的巨大鸿沟面前，影像情绪资本通过制造虚拟情感和影像幻象来掩盖这条鸿沟，从而操控着巨大的市场。《杜拉拉升职记》同样也是略化现实的职场斗争，只突出杜拉拉的爱情，通过影像幻象对职场男女进行补偿，年轻人为了财富和成功疲于奔命，只能压抑自己的爱情冲动，爱情成了他们的奢侈品，而在影片中他们的爱情欲求和幻想终于得到充分的释放。这正是情绪资本的策略和规则，它依靠制造情感满足顾客，它不能展示现实的严峻，激发理智的审视，以免将相当一部分受众从影院的甜蜜梦幻中驱赶出来，无助地站在现实的难题和行动的抉择之前。

二、粉丝情感与影视资本的运营体系

影视产业和娱乐工业为掌控消费者和粉丝的情感和欲求，形成了成熟系统的生产销售体系。影视产业针对受众和粉丝的情感和需求类型形成明确的市场定位，为特定的情感需求主体量身打造欲求与梦幻的体验之旅。例如为迷恋偶像明星的少男少女粉丝策划《枪王之王》；在情人节期间推出《全城热恋》；安徽卫视为广大中老年男性受众设置《男性剧场》，在上午播出历史类、公安反腐类电视剧；等等。

现代影视业依托情绪资本运营规则，注重打造、利用品牌和偶像明星效应，保持和提升粉丝的热情和忠诚度，同时激发潜在的情绪消费行为，开发新的情绪商业资源，巩固、扩展受众与粉丝的规模。《喜羊羊与灰太狼之虎虎生威》是这方面的经典个案。热播长篇动画片已经为《虎虎生威》准备了良好的受众基础，培养了无数的"喜羊羊"粉丝，为了进一步扩展市场，营销者在网络上炒作网络熟语"嫁人要嫁灰太狼,做人要做懒羊羊",利用当下流行的杂糅了独立、张扬个性等因素的"野蛮女性"心理,将部分年轻男女也吸引过来。因为受众主体是众多儿童粉丝,所以尽管是贺岁片,也没有等到过年再上映,而是在寒假第一天便火热推出。影片上映期间,同时进行全国13座城市的路演推广、"喜羊羊"与"灰太狼"人偶巡演、网络游戏互动,等等,各种形式的营销活动激发、加深了粉丝对心爱品牌和明星的热情和依恋,在全国引起了观影热潮。

影视情绪资本注重以粉丝情感为中心进行立体、整合营销。如影视产业品牌《杜拉拉升职记》,营销者周密规划炒作进程,在电视剧热播期间,适时出版同名小说、演出同名话剧造势;在电影制作、发行的同时,有计划地发布新闻,并策划"杜拉拉上映欢乐会"等活动,建立亲密如一家的粉丝组织——粉丝的情感投入越多,影像资本赚取的利润也便更多。立体生产营销体系能将影视品牌的可能利润进行最大限度的开发,即使后期的产品重复乏味,只要能利用粉丝尚余的情感攫取到品牌最后一笔利润也是值得的。因此品牌影视的后续产品即使质量远远不如老版本,也要不断重拍,这是符合情绪资本运营规则的。实际上,影视娱乐产业存在庞大的盘根错节的商业链:偶像、经纪公司、制造商、发行商、广告商、各种媒体。哈利·波特影视系列和日本动漫便是建立娱乐产业链的成功范例,影视资本与大众传媒结合为不断扩张的如同贪食蛇一般的文化产业链,从图书出版、影视票房,到服装饰品、主题餐厅,最终形成以偶像效应和粉丝情感为中心的娱乐产业王国。

明星效应是影视情绪资本运营机制的核心要素。湖南卫视《快乐大本营》的成功即在于利用受众近距离了解、接触明星的愿望,制造触星的惊喜激动和轻松快乐的梦幻。影视偶像工业精心设计粉丝与偶像的情感接触,制造并满足粉丝对偶像的热爱、思恋和倾诉,设置各种各样的接触方式,如媒体寄言、博客对话、现场会见、合影留念等，这些接触方式的现实性牢牢操控了青少年粉丝的梦想和愿望。偶像魅惑力不仅表现在公众场合，更全面渗透到家庭生活里，支配着部分人的情感、行为和人格。粉丝作为消费者，观看影视产品、电视节目并购买各类伴生商品，娱乐产业从中选择忠实代表与偶像近距离接触，这意味着所有粉丝也都有机会实现自己接触偶像的梦想，从而刺激粉丝进一步的"尽忠""示爱"的消费行为。

三、粉丝情感与影视资本的产品属性

情绪资本要求影像产品卸下思想的重担，学会"肤浅"甚至"恶俗"，因为当下的顾客到影院来主要就是为了放松。大众影视对伪道德、伪深刻有一定的解毒之效，它以非对抗的姿态消解意识形态，但它受制于市场和资本唯利是图的惯性，常常为票房而不顾及作品的道德价值和思想内涵。不少有违逻辑和缺乏艺术性的烂片，单凭偶像明星的出镜就能获得高收视率。

影像产品作为情绪资本，针对粉丝的各种欲望、梦想和匮乏，提供相应的替代性满足或转移。人在现实中遇到各种痛苦与困难，大多数不能得到彻底解决，大众影像产品以暂时的情感宣泄和焦虑转移的方式来缓解心理危机。传统文化虽然压抑自由，但提供宗教、道德价值给人心灵上的归属和认同感，但当代人拥有了绝对自由之后，却"使个人更孤独、更孤立，并使他深深感到自己的微不足道、无能为力"。而在影像的王国中，一切现实中所缺乏的，都能得到补偿和满足。影视产品可以呈现出想象当中的一切，人在观影过程当中，可以变成屏幕上任何他所意欲的对象。

影像产品能使消费者的任何奇思异想都得以"实现"。如《流星花园》类型的偶像剧永远也不会过时，因为这类电视剧提供的便是梦想的替代满足，粉丝将自己视为剧中的灰姑娘，获得爱情和财富。在虚构的影像和故事当中，任何欲望和幻想都能得到替代性的补偿和虚拟性的实现，神游各种梦境，将现实的难堪暂时忘却，超越个体的无能。影像产品这一拟现实效应源于其技术特性："电影或电视并没有将观众挡在屏幕之外，摄影机巧妙地将观众的眼睛安顿在现场镜头的位置上。让身体通过'看'卷入事件的空间，这即是弗·詹姆逊所说的'空间逻辑'。一切都变成了空间上的联系。这样，时间的体验永远是'现代时'，一个当下的现场。"①由于这一技术特性，层出不穷的孤胆英雄、以善抗恶的故事既具有现场感、亲历性，又都是一种"安全冒险"，受众可以放心经历各种奇迹和危险。

四、偶像工业包围中影视粉丝的自我踪迹

影视粉丝情感满足的重要方式是各种形式的明星偶像崇拜。这种偶像崇拜是消费时代的流行现象，粉丝们迷恋的是偶像们外在的、类型化的因素，如英俊、漂亮、成功、富有、时尚、个性、奢侈、传奇、英雄等，其核心是崇尚消费主义和物质至上主义的生活方式。偶像崇拜过程中粉丝所满足的往往是感官、欲望等个体层面的心理因素，与批判、理智、社会层面关系较少。正如鲍曼所指出的："在今天，是商品令人难以想象的流通、成熟、倾销和更替的速度——而不是商品的经久耐用和持久的可靠性——给业主带来利润。"②粉丝们通过影像产品和明星崇拜满足的是瞬间变换、停留于浅表的感官欲望，而不是成熟理智的思想追求。同时，这些感官欲望和情绪冲动往往又比较固执强劲，抗拒理智和批判的审视。

有相当一部分青少年粉丝对偶像的崇拜和依恋比较情绪化、极端化。他们常

---

① 南帆：《问题的挑战》，海峡文艺出版社 2002 年版，第 350 页。
② ［英］齐格蒙特·鲍曼：《流动的现代性》，欧阳景根译，上海三联书店 2002 年版，第 20 页。

常直接模仿影星的言行举止、个人爱好甚至服饰发型，因为崇拜偶像，便全盘接受其一切行为和观念，而不管这些行为是否值得模仿。粉丝们会狂热地捍卫偶像，拒斥一切对偶像的怀疑、攻击和不利信息，由此常常产生不同明星的粉丝之间的骂战甚至打斗。他们在偶像崇拜中找到了解脱自我的途径，正如《群氓的时代》中所解释的，在组织中粉丝交出了自己那烦人的理智，同时也卸下了难以担荷的责任："人们像社会动物一样聚集在一起。他们沉醉于从过度兴奋的人群中迸发出来的神秘力量，然后又逐步进入易受暗示影响的状态，就像那种由药物和催眠术引发的状态。只要在那种状态中，别人说什么，他们就相信什么；别人要他们做什么，他们就去做什么。就像在朝圣，爱国游行、音乐会以及政治集会中发生的事情那样。"[①]

有些粉丝对偶像产生了一种不健康、不理智的依恋，他们将偶像完美化、神圣化，自己却自轻自贱，以对偶像的崇拜和迷信充当虚假的自我和信心。偶像是无所不能和完美无缺的，而自己则是一无所能和渺小卑微的。当偶像亡故，某些粉丝会自我崩溃，失去精神信念，甚至自杀。

某些极端的粉丝失去了返回现实生活的能力。消费主义时代，人的主体性解体，个体零碎化、机械化，生活的异化和疏离日趋严重。人在压力和空虚当中煎熬，越来越失去掌控现实的能力，越来越依赖大众传媒来了解现实环境。大众传媒的宠儿是明星，明星的生活动态和婚恋传闻是大众传媒的主要内容，到处都充斥着明星为化妆品、家用电器所做的光鲜亮丽的广告，明星的一切成了粉丝们的生活指南和精神支柱，离开明星，粉丝们无法重建现实生活。一些粉丝失去了自我，将自我依附、寄居在偶像身上，这是一种奇特的丧失自我的自恋形式。

但是，粉丝文化现象也具有一定的社会价值。较早的群众心理、大众文化研

---

① ［法］塞奇·莫斯科维奇：《群氓的时代》，许列民等译，江苏人民出版社 2003 年版，第 29 页。

究较多倾向于批评粉丝文化的失控和极端，晚近的亚文化、成长心理学研究则较多地倾向于肯定粉丝文化心理、社会价值。在影视偶像崇拜中粉丝是狂热的，但是并不是所有的粉丝都会失去理智，疯狂的粉丝也不是时时都缺乏现实感。大部分粉丝在消费情绪资本、崇拜偶像的过程中，仍然在成长并塑造自我，他们具有"辨别力和批判力"。[①]当下的偶像崇拜和影视业在一定程度上带来了文化和价值的多样性和多元性，这样不但消解了正统意识形态的霸权，对主流的生活方式、教育体系也具有一定的补充作用。对各种类型的粉丝个体，影像产品和偶像工业能满足其身体、心理、审美等层面的某些需求。

偶像崇拜是当代青少年成长过程当中常见的现象，对相当一部分青少年粉丝而言，偶像是其自我理想、自我确认的表征。在偶像崇拜当中粉丝满足了一些心理需求，如心灵的归属、价值的认同、情感的补偿、情绪的宣泄、被人需要的感觉、对父母的逆反心理、恋爱的需要、组织归属的需求等。生存负荷着诸种压力，生活有单调灰色的一面，粉丝们有时只有在明星的作品和生活当中才能得到一定的情感释放和欲望补偿。

在娱乐产业和偶像工业时代，粉丝要保持理智，不脱离现实，需要粉丝自身、家庭、偶像明星、娱乐工业以及整个社会的共同努力。经由经纪公司的指导安排，许多偶像越来越注重健康的个人形象和积极的公众表现，以此来给自己的粉丝以正当的指引，如以偶像的名义创立各种慈善基金，举办各种公益活动。在"超女"选秀、走红的过程中，的确有不少粉丝追随自己的偶像一同成长。曾有粉丝团体要为言承旭生日买报纸版面登广告，言承旭希望他们把钱和爱心给那些更需要援助的人，粉丝们受偶像的指引激发，为失学儿童建起了"春蕾班"。虽然不少偶像

① ［英］比尔·奥斯歌伯：《青年亚文化与媒介》，引自陶东风、胡疆锋：《亚文化读本》，北京大学出版社2011年版，第334页。

的魅力倚仗的是外在的、感官的、物质的因素，但粉丝和大众传媒的主流对偶像的关注还是多方面的：外表形象、个性性格、个人成就、道德品质等。因此，尽管存在部分极端粉丝的狂热举动和少数大众传媒的恶意低俗的炒作行为，但大可不必因此而担心和否定整个影视粉丝文化现象。

五、影像的魅惑与审美的解放

在当下这一"视觉文化"[①]时代，视听文化产业对传统审美文化产生了强大的冲击。影视粉丝数量之多，是传统艺术欣赏者无法比的。传统艺术也向视觉文化投诚了，如各种文学读物纷纷配上大量图像，文学写作趋向类型化与批量复制，叙事文体日益模仿影视编剧的商业化、程式化。人类仿佛进入了所谓的"读图时代"，影视俨然成了各门艺术当中的王者。

在现代消费社会里，影像产品比传统审美形态具有市场优势。影像产品具有奇特的魅力，它直接作用于感官，引起想象和体验，即刻产生强烈的快感。文字阅读诉诸理智的思考，其过程缓慢、辛苦，需要长期的修养和积累，无法像影像那样产生当下的直觉和快乐。语言文化的审美总是保持着距离感，欣赏者既能入乎其中，又能出乎其外，而在影像的观看过程中，受众丧失了自我和批判思考，迷失在幻象之流中，影像对象直接变成受众的欲望和幻想。

但是传统审美形态不会消亡。至少在目前，消费者存在多种类型，尽管思考、批判、品评的欣赏者只是小众，但在视觉文化时代，他们并未消失。即便是沉迷于视觉消费的受众，其心理也是分层次的，不会完全沦为感官和欲望的存在。的确存在数量不少的极端例子，但大部分粉丝并未失去其理智的思考能力和艺术的

---

① ［英］伊雷特·罗戈夫：《视觉文化研究》，引自陶东风：《文化研究》（第3辑），天津社会科学院出版社2002年版，第40页。

鉴赏力。"疯狂"的粉丝只是少数，其"疯狂"有特定的心理、生理的病因，即便没有影视偶像产业的影响，也会因其他刺激而发作。

在视觉文化挤压一切的当下，我们迫切呼唤全面的、整体的、清醒的审美解放，通过审美想象将个体和社会、欲望和道德、感性和理性、理想与现实、文明与自然结合起来。审美昭示人们找到人性和自由，视觉文化和娱乐工业制造的是依附于物质和欲望的短暂快乐，而审美启发人们超越欲望和物质的束缚，生命不是功利的苦役而是审美的欣赏。自然和物质世界也不再是人类征服和索取的对象了，而能展示其无限的形式的可能性和内在的生命，成为人类身体自由栖居的家园和心灵诗意的象征。在审美解放的视域中，视觉文化和影视产品必须兼顾快感与深度，这样粉丝便不再是情绪资本、影像产业和娱乐工业操控的对象，而是影像审美过程中舒展诗意想象的自由完整的主体。

第四节　艺术新变与传统回归：

《满江红》的电影概念艺术

2023 年贺岁片《满江红》是导演张艺谋电影艺术的又一次总结与升华，影片闪耀着导演老练精深、历久弥新的电影概念艺术[①]的光辉。影片内涵丰富深刻，以雄奇激越的艺术安排截断众流，最终以传统道德叙事有力地廓清后现代叙事迷雾，令忠孝节义以感人心魂的艺术感召力在当下唱响。

一、后现代迷乱下的传统回归寓言

影片有如悬疑小说，全是迷宫叙述，叙述到后厨搜刘喜才隐晦地给出指引。快节奏的悬疑叙事吸引观众高度紧张地关注剧情，迷宫叙事正是影片想要营造的第一层主题。事理不清，人看不准，关系比一团乱麻更为千头万绪，影片前段似乎是有意取消任何确定性。导演用各种镜头技巧强调这种迷宫感，正如孙均急审张大那段，运镜角度多，转换急，众人的眼神没有统一的、稳定的目标，事态令人眼花缭乱，一切无从看清。

这也正如后现代社会[②]，事态是不确定的。事情一开始似乎很确定，相府副统领孙均必须尽快抓到刺杀金人的嫌犯。然而事情马上变成各自保命与相互倾轧，孙

---

① 徐梓峻：《读懂当代艺术，难吗？》，云南美术出版社 2019 年版，第 11 页。
② 汪堂家：《心造的世界》，上海三联书店 2019 年版，第 158 页。

均既要保嫌疑人外甥张大的命，又要献张大逞能耐取媚宰相，遭到统领王彪的拒绝后，事件变为险恶诡谲的宫斗。

人物性格与好坏也无法确定。张大出场时是但求保命的混混，继而显出狡诈奸猾，精于浑水摸鱼、借刀杀人。随着叙事发展，张大结交抗金义士，一变而为大智大勇、大忠大义之士，然而为了保护同志，他仍然需要戴着贪生怕死、畏首畏尾的面具，以混淆视听。张大是已完成的静态的性格多面性，孙均是变化中的动态的人格选择，忠孝节义最终战胜了卖亲求荣。全剧终了，相比之下，秦桧最能体现后现代的不确定性，他是彻底的自我分裂。

正如乱世混混张大那张嘴，片中没有一句话称得上通常的真话。所有人为了活命，真真假假，半真半假，一切随着形势而改变自己，语言意义无限变异，人们连自己也无法把握。实际上，影片完全可以像新潮叙事那样，在后半段也仍然不给出解答，将一切可能的确定性统统否定掉。显然，这不是导演想要的效果。

影片的叙事迷宫惊心动魄地表现了后现代人类社会根本的荒诞。一方面，所有事态、人格、语言本质上都是不确定的，另一方面，一切又都是逻辑确凿、意义明确、人所共知、人所共守的。杀金人者必须严查，严查却是内斗、自我内心剧斗；邪中有正，正中有邪，非正非邪，既正又邪，邪变为正，正变为邪。张大是邪中有正，总管何立是伪正实邪。但从后现代的视角看来，一切都是流动的非正非邪，在流变中正邪、善恶都是不确定的，一切都在无休无止地离散、裂变、转化中。

二、以道德叙事廓清叙事迷雾

张大见到马夫刘喜后，影片开始奏响道德叙事的声音，观众在混乱的迷宫中可以试图寻找可靠的路标。张大与刘喜的对话开启了匹夫不敢忘忧国的忠义声音，张大的语言开始出现可信的成分。但这个声音是否可信，人物是否仍将随时变脸背叛，观众需要看后续事态的发展与人物的行动。叙事是继续后现代的迷宫，还是传统的忠义，取决于导演的安排。而传统忠义叙事最终的坚定可信，除了导演的信念、思考和艺术功力，同时也需要历史的沧桑、时代的洪流和观众的感悟。影片到张大与瑶琴碰头，忠奸对抗叙事确凿确立，观众无须迟疑，传统道德叙事廓清了影片前段叙事的所有迷雾。

电影前后两段如此悬殊安排，风格断崖，是否导致头重脚轻、前后断裂？不，实际上影片仍然是一个缜密自然的有机整体。

首先，迷宫叙事本来就不是单一指涉后现代，它是传统酱缸文化与后现代迷乱的多重隐喻。走不出的迷宫、猜不透的谜，既隐喻传统酱缸文化与劣根心性，也隐喻后现代人类不确定、碎片化的存在。秦桧同样也是传统文化和后现代迷乱的多重隐喻。他戴着重重面具，有着无数自我，但他的主要自我是保命、利己、无耻、无我。他会戴着无数的各种面具，在不同场合中，在历史变迁中，在与张大的嘴一样合理胡扯的无聊文人的笔下，也许他的其他面具会占上风，但公正的时间已将他的真身钉在了历史的耻辱柱上。这也是导演对民族文化和心理的反思和批判，对当下后现代迷乱的担忧与回应，他希望人类在理解、面对世界的丰富性、开放性的同时，更珍重传统中那些纯粹的、永恒的、将个人与家国融合起来的价值和信念。显然，张大特别是孙均，虽然剧中前段各种变脸、变幻莫测，但后段截断众流、活出真我，表现了导演的坚定信念和殷切期待。

同时，后段一方面道德叙事出场，另一方面外在的剧情线上仍然持续着紧张的迷宫叙事，而且还揭开了迷宫叙事的另一层面：内在的人性冲突、自我分裂，特别是在孙均、秦桧两个角色，以及全剧结束仍是聋哑、彻底失去谜底的两个侍女那里。观众并无爽然若失，仍保持着适度的紧张。影片前后叙述虽变实连，似断实续，既相续更升华，迷雾散朗日现。

全片的隐喻、叙事在多个层面上遥相呼应、互为镜像，在叙述、修辞、语义层面上也产生了奇特的钩心斗角、如网似谜的效果。张大、孙均前段的逢场作戏，与秦桧的多重面具和人格，是同中有异，正邪有别，手段相同而本质不同；孙均的释放真我和秦桧的龟缩主我，是异中有同，虽然忠奸相分，但本心难移、坚执本我则同。秦桧想要毁掉武穆的心迹与精神，但却从自己的口中慷慨激昂地吟诵了《满江红》，这当然是假，极致的假，朗诵者是他伪装表演的、分裂的另一个自我和人格。然而，借着震慑、附身于假，真却更是洪钟大吕般响彻天地宇宙、千秋万世。善恶终究分明，显现于一念间，自我终究并不是谜，它证实于行动上，忠义在人、行动、历史中永恒地存在。正如剧中的精忠报国，皮能刮而字不褪色，身虽死而心声永在。

在变化不居、千头万绪的世界，哪里是明确的方向？《满江红》片中重重黑暗里那一片鲜红，正是我们诚挚的初心赤胆；洪水泛滥、狂潮汹涌中岿然不动的，正是我们良知、本性与道德的方舟；千刀万剐、无所不用其极想要毁掉的岳武穆的遗言、遗志，历史的真相，就存在于人民的行动、向背中，存在于仁人志士前赴后继的信念和事迹里。

影片不落俗套地讴歌了传统忠孝节义，大部分人物都是震人心魄、感人肺腑的。孙均经受万般考验也未能消磨的对姐姐的亲情，刺秦义士之间视死如归的信义，瑶琴与张大心灵相通、默契无间的爱情，普通士兵身上所爆发出的压抑不了的对岳武穆与刺客深沉激烈的爱戴，还有贩夫走卒那种草民的忠义。影片在经历了二十世纪对传统的反思与怨怼之后，发出了信仰回归的至强音。

三、电影概念艺术的永恒与新变

正如黑格尔所说，伟大的艺术都要表达深刻的概念，概念也需要艺术地表现[①]，各门艺术都有自己独有的概念艺术形式和传统，每个导演一生中，也都有各自独有的概念及概念艺术形式的王国。就像鲁迅笔下反复出现的黑色、喑哑、看客、国民性，张艺谋的电影世界中也有他一生钟爱的颜色、构图、角色、叙事。

《满江红》中自然在在皆是导演偏爱的概念艺术意象与技巧。影片安排大面积的色彩的对比，赤红是忠义、血性、柔情，蓝黑是背叛、无耻、血腥。孙均将刀架在嫌犯张大脖子上，画面占满了铁黑，唯有刀上一抹鲜红执着闪耀。世态是卑鄙的苟活、险恶的陷害，而赤胆忠心则是茫茫暗夜中那一星之火，虽然必须层层伪装隐忍潜伏，然而星星之火可以燎原。

构图是封闭的，庭院、街巷、墙内、宫中，导演让画面总是框起来，框外有框，层层相隔，有如永世走不尽的迷宫，因为文化尚做戏，人心隔肚皮，社会尽阴谋，自我也迷失。镜头运动纵横交错、俯仰向背，无穷无尽的曲里拐弯、窄路岔道，也正是几千年的文化与人心的无解之谜。

好的概念艺术善于表现同中之异。武义淳、何立同为奸恶的文职、亲信，杀人如草、贪缘攀附、仗势欺人、丧尽天良为同，但影片随处自然安排着同中之异：一肥一瘦，宫中府中；一冠帽乌黑而黑心善诈，一帽饰明玉却失算草包；一舞文摇扇，一佩甲饰刀，舞文摇扇是真刀笔吏，佩甲饰刀却是假把式；一从恶社会中凭奸谄狠辣、饱饮人血而爬到相府总管，一假借裙带关系狐假虎威，所以何立手段狠辣、绝情诛心至武义淳也肝颤胆战。近宫的武义淳、相府的何立，又暗射皇帝系统与宰相系统。同样卖国无耻、机诈百出、但为苟活，同样权柄在握却色厉

[①] 贺麟：《黑格尔哲学讲演集》，上海人民出版社 2019 年版，第 574 页。

内荏，但亦有同中之异：相府系统心思更为缜密、更善实干，皇帝系统则虚张声势、棋输一着。实际上，武义淳所倚仗的皇室只是权臣的傀儡而已，而权臣奸相欺君枉法、欺世盗名，甚至妄图一手遮天、篡改历史，虽然替身无数，自身实际上也终不过一具傀儡而已，投降卖国、精致利己的官僚群体的傀儡而已，苟活自欺、毫无底线的社会心理与文化的傀儡而已，求生本能、戏子本能的傀儡而已。王彪、孙均，同为统领，副职、下属如影随形，时时刻刻算计觊觎，分分秒秒准备背后插刀、取而代之，此为同；但一个充当替罪羊，一个义无反顾，此则有天壤之别。

好的概念艺术要有精确饱满的细节。正如孙均带张大见宰相那个镜头，每个画面停下来都是好戏和细节。见宰相必须搜身，卸下所有铁器，全身上下、口腔布片全都要一一反复搜检，可见义士们杀贼之千难万险，而奸臣之怕死贪生，保命防身之严密，爪牙之细密专业；访客卸下所有铁器，总管何立却将折扇插入怀中，因为他是杀人诛心，武器不在金戈铁马，而在一肚子狠辣毒计；副统领孙均由总管亲手一一搜身，可见何立对孙均的提防忌惮，更可见人心相隔、互相猜忌，相府正是步步深渊之所。

多重交错、两极互渗的安排也表现在每一个画面、每一个细节当中。如张大拿到秦桧赐下的令牌后，对孙均说他在宰相面前全是胡诌，孙均大怒要一剑劈了他。张大说的是惹火烧身的话，孙均劈张大是做给远近的相府耳目看的，姐姐的亲情，使得孙均永远不可能真下杀手；张大则一直将孙均视为权势爪牙，只是姑且挟持利用孙均的亲情以谋弑相大事；张大将宰相令牌放在额头上，是暗示孙均和相府耳目：我此刻不是阶下囚，而是得力的办事人。至于秦桧和何立，他们视张大为一个死人，只是姑且利用张大找密信，最后所有知情者都将被杀。

影片充满着传统文化和艺术的元素①。整部电影很少用大远景镜头，重写意传神，好像传统戏曲舞台。配乐用到民族民间器乐，用锣鼓紧敲烘托紧急险恶，又带一点反讽滑稽，也正如传统戏台的锣鼓。镜头转换的语法根源于传统的跳脱意会，前一个远景镜头里兵队紧急出动，后一个中景镜头转到金国使节卧血，接着是嫌犯手戴木枷的特写，转换之急，朝廷和官员对于外交事件的应付不可谓不雷厉风行。

整部电影巧妙使用豫剧唱腔，手段百出，有正有反，各臻其妙。有些用在剧中正面肯定英雄角色，意旨显明，更多则饱含反讽、复义。张大从秦桧那里骗到令牌，和孙均查案，配乐《包公辞朝》反讽张大奉旨查凶狐假虎威，其实是贼喊捉贼；但是秦桧是伪"本相"，好似王强"欺君罔上把忠良压"，张大却堪称真包公，他要刺杀秦桧，"今日咱把老贼打"。刘喜刺杀秦桧失败被何立抓捕，配乐《下陈州》暗指刺秦志士想要保"忠良"，张大火中取栗要保刘喜及其女儿桃丫头，刘喜熬着酷刑要保女儿和刺秦同志，而何立则利用刺客的这种心理折磨逼供。秦桧得知密信泄露，方寸大乱，冒险狱中会张大、孙均，配乐《探阴山》辛辣地讽刺这位心机算尽、遗臭万代的奸相，下了地狱也要遭受最酷毒的刑罚："但只见大鬼卒小鬼判，对着鬼魂抽皮鞭，项上戴锁脚戴链。"

关涉真理的概念，在好的电影艺术中成了温暖的、审美的概念。艺术需要深刻睿智的概念，概念需要老辣得当、新颖奇警的艺术表现。有了道义担当和艺术创新，电影中的概念、技术、重复必然永放光彩。

---

① 张艺谋、曹岩：《〈满江红〉：在类型杂糅中实现创作突围——张艺谋访谈》，《电影艺术》，2023 年第 2 期。

第五节　人类危机与自我重建：

《流浪地球2》的思想艺术开拓

贺岁片《流浪地球2》制作精良，思想与技术上颇多可圈可点之处。影片中太空、科技的灾难与拯救地球、人类自救是主线、明线，个体家庭、亲情是副线、暗线，主线庄严、崇高、恢宏，副线诙谐、柔情、秀美。最终拯救地球的恢宏大业的成功，其关键和根源在于个体、家庭、传统中的奉献、亲情与爱，这些传统的价值不独凝聚起人类团结自救，同时更解决了后现代社会人类的精神危机、自我认同危机。如此处理，使得这部科幻片具有了现代人类境遇自我隐喻的深刻内涵。

一、空镜头下无情的黑：外部宇宙及科技的威胁

影片用老练丰富的镜头技巧表现太阳系的危机，充满了压抑的黑与灰。太空中的超大远景摇镜头，地球高空中的大远景俯镜头，强化刻画了地球和人类在宇宙中蝼蚁、尘埃般的处境，摩天大楼就像打火机一样脆弱，那些幅员辽阔的国家也像一片片树叶一样渺小。反复出现的屏幕全黑空镜头，进一步渲染了宇宙的无情、死寂与狂暴。人类外部宇宙环境危机重重，太阳爆炸使地球失去原有的生存条件。宇宙膨胀，太阳毁灭，火焰亿万万重，地球与人类一瞬间将化为齑粉，火红此时成了灾难与毁灭的色彩。

运动镜头中的黑与灰更是令人胆战心惊。在利伯维尔废弃的巨大城市中，在破碎的文明的垃圾堆中，在能够灭绝人类生命的武器威胁下，玻璃和金属裂片中人的倒影重重，在城市、文明、科技垃圾的包围下，是人类渺小、孤独的身影。他们怀念故国故乡过去的习俗，惦念着亲情，能够黏合、慰藉、支撑人类心灵的是记忆、历史、家庭、故园。在灾难的硝烟下，在金属垃圾的围困中，各种直线、斜线、折线、方框、尖角构图，大片大块的黑色、灰色、褐色、赭色堆积挤压。在铁冷、镜凉、死灰的压抑下，唯有胳膊上臂章那一小方国旗鲜红热烈，地上一堆纸钱熊熊燃烧，那几缕家国、故园情怀的红，是这死寂铁冷的物质宇宙之跳动的心脏，唯有那有生命、有情意、带曲线、显优美的芦苇在摇曳点头，仿佛在聆听人类苍凉寂寥的心声。在危机突然爆发的前夕，镜头缓缓推近阳光照耀下军人阳刚英武的脸，这些彼此互为隐喻和镜像的镜头一次又一次强调，人性与信念才是宇宙永恒的生命。

影片既是科幻片，也是关于地球和人类的灾难片，灾难既是外在的宇宙带来的，更是人类自身及其所创造的科技带来的。人类自身也能毁灭自己，战争、科技的灾难，都足以毁灭人类。就算没有太阳爆炸的威胁，人类战争已将地球轰炸得千疮百孔。人类存在的更深刻、更本质的威胁是人类的精神、信仰危机，未来人类有可能丧失自我，人类不再是人类自身。

二、场景与节奏：人类境遇的自我隐喻

在后现代科技社会，人类有被物化的危机[①]，影片深刻反思和表现了人类自身这一根本困境。片中充满了压迫性的物质和科技的场景和意象，人犹如被囚禁

---

① ［澳］安德鲁·米尔纳、澳杰夫·布劳伊特：《当代文化理论》，江苏人民出版社 2018 年版，第 174 页。

其中。在科技和宇宙的视角下，人的本质与物一样，也是一堆电信号。在金属、灯光、电线、CT扫描仪、核磁共振仪、电脑的挤压和分割下，人类成了记录在图片和电脑中的符号与数字，他的思想和意志、记忆和情感都只是一些脑电波数据。金属的黑、光波的白围剿侵吞着人体的黄。人是如此脆弱，金属生锈了，电断了，线乱了，仪器故障了，机器人有了自主意识，凡此种种，人类社会都将面临停摆和危机。个体的人多病易损，而机器人反比人类更完美更强大，机器人没有肉体和精神上的疾病，机器人取代人类，对于某些人是劫难，对于某些人却是美好前景。

科技的人文导向是影片镜头剪辑的基本语法。影片常常将人类冲突、战火纷飞的中近景镜头，与蝼蚁般的城市建筑群的高空俯镜头跳接起来，其内在逻辑是科技失控、人类绝境的根本原因在于人类自身思想混乱、彼此猜忌。关于人的镜头，大量反复出现的场景为会场、战场、废墟、混乱的城市，这些均为关系紧张、群际冲突、精神危机的意象。人类如失去理性、对话、信念，必陷入混乱与疯狂，他所创造的科技会反过来奴役自己，他所拥有的文明成就会反过来束缚自己。人类利用科技相争，手段愈加先进，危害愈加惨烈，不止错失共同携手面对外部宇宙威胁的良机，而且在外部灾难发生之前，人类的内斗就有可能将其毁灭。

影片整个剧情安排强烈表现了对于科技的人文召唤。起初失控的数字生命大搞恐怖袭击，后来孤独的数字人丫丫之所以能帮助父亲拯救地球，其中的关键是亲情以至国家荣誉、家园情结。刘培强的爱妻因辐射患癌症而亡故，图恒宇已故的女儿却在数字生命里重获新生，影片从现实和幻想两方面强调了人类对科技的希望，对科技与人性结合的期待。

不管科技和文明如何突飞猛进，人类最终还是得在历史、传统、情感、价值中找到存在的根基。有人向往未来，有人迷恋过去，有人只认当下，其实三者是统一的。未来就是当下，未来的灾难旋踵而至。过去就是现在，未来的地球毁灭危机，与过去的旱灾、物种灭绝其实性质相同，同样都是某一灾害毁灭某些生物。城市废墟中一只孤独瑟缩的鸟，与面对太阳爆炸时渺小发抖的地球，其处境是相同的。在不同的历史进程中，在相同的处境、感受、观念上，人类找到了永恒的自我。

影片是人类中心取向的，其寓意在灾难根源于人类自身，人类的出路也在于自身。所以整部影片表现外部宇宙的威胁时，其节奏反而是中性、客观、克制、平静的，而大部分节奏紧张的黑色灾难镜头全是人类自身带来的，诸如战争、内斗、阴谋、冲突、非理性等。

三、运动镜头中跃动的红：人类的自我拯救

灾难既是自造，出路显然亦在自救。人类的救赎在于人类和谐关系的回归，科技与人类的融合，历史与时间的延续，传统价值与情感的重建。人类是其成员之间、时间上、自身与其力量之间的统一体，不是数字科技、物质不灭，而是那些永恒的传统情感、价值、记忆、信念令人类实现永恒存在。[①] 信仰回归的人类通力合作，重建与科技的和谐关系，便能因势利导，趋利避害，应对宇宙的变化。

人类自救，需要回归和谐关系，国家、民族、人群重归信任、对话、团结、互助。电影启用了不同国家、种族和肤色的演员，因为这是需要全人类共同携手面对的未来危机，人们必须团结起来。

影片用大气而又细腻的镜头技巧表现了人类共抗灾难的曲折历程。太阳膨胀使太空沦为火焰的海洋，而联合政府的成立、拯救地球计划的进行，使镜头回到

① 荆学民：《人类信仰论》，上海文化出版社 1992 年版，第 8 页。

冷静、理性的构图和色调上来。但人类的猜忌和劣根性又使镜头不断切换到阴暗的、尔虞我诈的室内空间，各国政客正襟危坐，肚子里是钩心斗角的算计。在大会会场的镜头中，参会者一盘散沙，焦虑不安地站起来，人与人之间保持着背离的站位、疏远的距离，同时还安排了镜中镜、会中会，玻璃墙将人们隔离开来，以此来强调人类各国、各集团、各人的各自为政、心怀鬼胎。当人类分裂、内讧、自残时，镜头充斥着黑暗、荒芜、混乱的元素，尽是毁灭、仇恨、恐惧、虚无的隐喻，当人类回归和谐、希望、理性时，镜头充满着明亮、宁静、热烈、秩序的元素，满是建设、创造、对话、开拓的隐喻，钢铁的长臂和雄鹰帮助人类遨游太空、政府宇宙。凡是人类心灵健康、关系和谐时，科技产品也驯服在人类掌中，宇宙蓝天白云，宁静而优美；当人类心灵失控、关系混乱时，人被置于科技产品的围困下而窒息，宇宙也阴暗冷寂、危机四伏。

中国引领着重建国际团结、互助合作的走向，在一片混乱、分崩离析的会场，中国代表被推向屏幕的中央，她由背向观众的无所适从，转向正面的解决疑虑、引领前进方向，突出的手机意象代表着对话、沟通与合作，混乱与危机中长段的奔跑求助镜头，都强调了地球与人类的自救需要中国智慧强有力的指引。西方代表颐指气使、高高在上，而中国代表作为中心被各国代表众星拱月、紧紧追随，只有中国才能重建国际互助合作。

科技与人性的结合，强化科技中人性的因素，是解决地球危机的出路所在。影片中行星发动机第一次亮相，稳定平衡的构图，接近自然光照的明亮辉煌，流畅稳定轻快的镜头运动，铜管乐器吹奏出庄重、崇高、昂扬的赞歌，自信自豪的配音，带着人类掌控与利用科技的信心，歌颂人类创造的雄心与力量。辽远的天空中飘着艳丽的云霞，宏大巨力的钢铁机械矗立在宇宙中心，近景中电焊机下绽放璀璨的电弧花，这是科技与人类融合的象征。在这里人、科技、自然和谐共存，工人自信自在地爬挂出入在钢铁机器中，犹如原始人奔跑在丛林中，农民耕作在田野里，科学家摇着试管坐在实验室里，这是人类的工作间和家园，智慧、审美、情感、功利融合无间。

四、明快而多义的镜头语言和剪辑艺术

影片充斥着物质、金属、科技的黑色、灰色，唯有军人臂章上的红旗、丫丫身上的羊毛衫那一两片红，代表人类永恒的情感、希望和信念。大全景里是荒凉、浩瀚、狂暴、无情的物质宇宙，中近景里才是活泼泼的可亲可近、有思想的有情人类。在空间关系和构图布局里，影片往往将金属、物质、科技等黑冷的元素挤满整个画面，而留下一小方位置给属人、情感、文化的元素以呼吸的空间。

当科技与人性携手并进时，融在金属中的人性使得色调明亮柔和，节奏欢快进取，镜头运动高歌勇进，构图大气磅礴。在解说移山计划时，黑白灰的设计图快速展示，被置于闪射跃进的运动射线造型中，黑灰的宇宙与科技顿时呈现出庄严、神秘、辉煌的色调。其中跃动的那几抹鲜红，就像交响曲中的主题动机，又像宇宙的心脏与灵魂，适时闪现在黑白灰的世界中。当科技、建筑、武器、物质中渗透了人性、温情、信念时，仿佛百炼钢成绕指柔，钢铁中有了柔软、明亮与温热的元素。这一段将科技的神秘、美以及人类对象化于其中的本质力量，充分展现了出来。

影片为了将科技、宇宙的高冷层面与日常、家庭的世俗层面连接起来，往往在纵深、宏阔、重大的镜头画面中，组织起丰富、互补、对立的多个对象和元素，仿佛是一个画面内部进行的剪辑。在中国重申决心推动拯救地球的移山计划后，大型客机庞大的机身慢慢停下在滑行道上，从机身下面的视角拍过去是移山计划的

选拔车队，更远的背景中太阳暂时还灿烂美丽地照亮天空，镜头将远、中、近，车队往左、客机往右，远忧、近虑，拯救、阴谋，拯救者的苦心与努力、被救者的漠然与离心，集体统一行动、个体特殊境遇等诸多对立、歧异层面与元素，同时组织在一个画面中。

所有这些处理使电影在表现重大题材、单线条故事时，[①]做到了张弛有致、收放自如，有了丰富饱满的细节。大量的运动镜头、不稳定镜头、不平衡构图、快节奏重金属配乐用来强调战争、科技、宇宙的危险，少量的稳定镜头、古典平衡的构图、抒情配乐用来强调家庭、亲情、传统的温馨、归属感。人是脆弱的，人又是坚韧、理性的，茫茫宇宙里，人唯有以人性、理性、信念自救。

---

① 孙承健：《〈流浪地球 2〉：超经验视觉的表达策略及其系列片探索》，《电影艺术》，2023 年第 2 期。